Karl Oberleitner

Govinda

Schauspiel in vier Aufzügen

Karl Oberleitner

Govinda
Schauspiel in vier Aufzügen

ISBN/EAN: 9783743645578

Hergestellt in Europa, USA, Kanada, Australien, Japan

Cover: Foto ©Andreas Hilbeck / pixelio.de

Weitere Bücher finden Sie auf **www.hansebooks.com**

Govinda.

Schauspiel in vier Aufzügen.

Von

Karl Oberleitner.

Wien.

Alfred Hölder

k. k. Hof= und Universitäts=Buchhändler.

1878.

Personen.

Vasu, König von Hindustan.

Kanva, sein oberster Feldherr und Reichsverweser der Vasallen-
    staaten.

Manu, Fürst von Rohilkand, Vasall des Vasu.

Govinda, seine Tochter.

Atman, }
Uinda, } Krieger und Freunde des Kanva.
Sattva, }

Devi, }
Raghu, } Höflinge des Manu.

Uala, Dienerin der Govinda.

Ein Anführer der Krieger Vasu's.

Höflinge und Krieger des Vasu und Manu.

Jagdgefolge des Manu. Negersklaven und Bogenträgerinen
    des Vasu.

Die Handlung spielt am Hofe des Manu in Rampur; im vierten Aufzuge
    an der Grenze von Rohilkand.

Erster Aufzug.

Palmenhain in der Nähe des Palastes des Manu. Im Hintergrunde ein Zelt, welches eine prächtig geschmückte Tafel umschließt.

(Devi, Raghu treten auf.)

Raghu.

Mit königlicher Pracht will unser Fürst
Den Kanva hier empfangen. Schaue hin,
(Er öffnet den Zeltvorhang.)
Wie auf der Tafel frische Rosenkelche
Den Rand der gold'nen Becher küssen; Perlen,
Smaragde, Diamanten um die Wette
Im Sonnenstrahle glitzern. Duft und Glanz,
Wohin Du trittst, entzücken Dich.

Devi.
Dies Alles
Für Kanva und für seine Zeltgenossen?

Raghu.
Du liebst sie nicht.

Devi.

Sind sie wohl uns're Freunde?

Raghu.

Sie sind wie wir vom Stamm der Arier.

Devi.

Der süße Palmwein Hinduſtans erſchließt
Die Herzen dieſer Männer allen Freuden,
Und ihrer Mädchen leichtbeſchwingter Sinn
Verſcheucht die Sorge aus den Roſengärten.
Wir aber, ſtrengen Sitten huldigend,
Entſagen den Genüſſen, die ſie ſcherzend
Den flücht'gen Stunden rauben. Können wir
Mit ihnen uns vereinen? Glaubſt Du das?

Raghu.

Es iſt an uns, die Kluft zu überſchreiten,
Und ihnen brüderlich die Hand zu reichen.

Devi.

Sie nennen uns verächtlich Götzendiener.

Raghu.

Das Wort kommt aus dem Munde ihrer Prieſter.

Devi.

Es ſchwebt auch auf den Lippen ihres Königs,
Wenn er von Manu ſpricht.

Raghu.

    Hat ſich nicht Vaſu
Mit unſ'rem Herrn verſöhnt?

Devi.

Du meinst, der Argwohn,
Den einst der Seherspruch in seine Bruft
Gelegt, ist durch Govinda jetzt zerstört.

Raghu.

Govinda ift die einz'ge Erbin Manu's,
Und unf'rem greisen Herrscher wird kein Sohn, —
Kein Heldenjüngling mehr geboren werden,
Der mit dem Schwerte Hindustan bedroht.
Govinda weiß die Waffe auch zu führen,
Doch ihre Liebespfeile tödten nicht,
Ihr Ziel ift nicht die Krone, — ift das Herz.

Devi.

Du hältft den Kanva für den Friedensboten?

Raghu.

Er ift der Liebling Vafu's, —

Devi.

Und sein Späher.

Raghu.

Der König hat zum Reichsverwefer ihn
Erhoben, und auf seinen Wunsch bereift
Er die Vafallenftaaten.

Devi.

Dieser Vorwand
Soll mich nicht täuschen.

Raghu.

Kanva's edler Sinn,
Sein freier Blick besiegten den Verdacht,
Von dem ich einst befangen war. Selbst Manu
Schließt ihn als theuren Freund an seine Brust.
Was Kanva wünschen mag, er wird es ihm
Erfüllen.

Devi.

Auch wenn er mit kühnen Worten
Govinda's Hand von ihm begehrt?

Raghu.

Gewiß,
Er würde sie ihm nicht verweigern.

Devi.

Wie?
Du zweifelst nicht daran?

Raghu.

War ich doch Zeuge,
Wie Manu lebhaft Kanva's Tapferkeit,
Und die Gewandtheit seines kräft'gen Körpers,
Sein anmuthsvolles und bescheid'nes Wesen,
Die heit're Schönheit seines Angesichtes
Vor der erröthenden Govinda pries.
Und Manu's Auge ruhte freudestrahlend
Auf der bezauberten, verschämten Jungfrau,
Und es verrieth, was er sich von der Zukunft
Versprach.

Devi.

Vertrauet ihm; mich aber wird
Der Jüngling nicht bethören. Schweigen wir,
Es nahen dort die Gäste uns'res Fürsten.

Raghu.

Nun denn, beherrsche Dich.

Devi.

Befürchte nichts.
Ich werde nur in ihren Mienen forschen,
Was sie im Schilde führen.

(Atman, Ninda und Sattva kommen heran.)

Atman

(stößt den Speer in den Boden).

Weiter nicht.
Die Riesenfächer dieser Bäume schirmen
Uns vor dem Sonnenbrande.

Ninda.

Bohren wir
Die Palmen an, ihr Saft wird uns erfrischen,
Die schlaffen Nerven stärken.

(Er versucht, eine Palme anzubohren.)

Raghu

(nähert sich ihm).

Kommt mit mir.
Ihr seid erschöpft; erquickt Euch dort mit Wein.

(Er zeigt auf das Zelt.)

Sattva.

Wir kamen nicht hierher, um nur zu schwelgen.

Devi
(tritt hinzu).

Ihr solltet nicht verschmäh'n, was wir Euch bieten.

Atman.

Wir führen uns're Zehrung selbst mit uns,
Um ungehindert Eure Ländereien,
Wie es der Herr befohlen, zu durchforschen.

Devi.

Nicht andere?

Atman.

Du fragst nicht absichtslos.

Devi.

Nein. Es geschah aus Wißbegier.

Atman.

Dein Lächeln
Sagt mir jedoch, daß Du wohl anders denkst.

Devi.

Es ist ein Reiz der Muskeln, weiter nichts.

Atman
(ironisch).

Gleicht wohl gar einem Wölkchen an dem Himmel,
Das bald in Grau, bald rosig angehaucht,
Ein Spiel der Wetterlaune, kommt und schwindet.

Sattva.

Du bist so schlau wie die Bewohner hier.

Devi.

Sie sind verschwiegen, treulos aber nicht.

Sattva.

Wenn wir sie fragen, wenden sie verzückt
Den Blick dem Himmel zu.

Devi.

Nun, solche Schwärmer
Sind auch bei Euch in Hindustan zu finden.

Atman.

Ihr haltet Euch für auserwählt, — erleuchtet,
Die Wahrheit zu erforschen.

Devi.

Unduldsam
Und stolz seid Ihr. Verachtet und verwerft
Ihr nicht die Ansicht And'rer, ohne sie
Genau zu prüfen? Euer Widerspruch,
Der sich nicht auf Beweise stützt, ist nichtig,
Und überzeugt uns nicht. Und wenn wir irren,
So habt Ihr noch kein Recht, uns zu verhöhnen. —
Der Weg zum Paradies ist schwer zu finden,
Wir zwingen Niemand, ihn mit uns zu suchen.

Ninda.

Wir grübeln nicht, ob wir genießen dürfen,
Was uns die Erde spendet.

Devi.

Maß zu halten,
Wenn auch die Ueberfülle zur Verschwendung
Verlockt, gebietet uns die Selbsterhaltung.

Atman.

In Euren Gärten singt die Nachtigall
Kein Lied. Die Rosen hauchen ihre Düfte
Nicht an den Herzen schöner Mädchen aus, —
Verwelken, von den Büßern abgepflückt,
Als Weihgeschenk an todten Götzenbildern.

Devi
(erzürnt).

Zerknickte Blumen, die vom trunk'nen Haupte
Du jubelnd in die Opferflamme wirfst,
Verschmähen uns're Götter, wenn Du sie
Auch Götzen nennst.

Atman.

Fällt schon die Maske ab,
Die mir Dein wahres Angesicht verbarg?
Das Wort des Hasses, das Du mühevoll
In Deiner Brust zurückgehalten, bricht
Vom wilden Zorn entfesselt, nun hervor.

Devi.

Entsprang Dein Wort der reinen Menschenliebe?

Raghu
(dazwischen tretend).

Entweihet nicht den Ort.

Ninda.

Fließt Opferblut

An dieser Stelle?

Sattva

(legt die Hand an das Schwert).

Dann soll es vermischen

Sich mit dem seinen.

Devi.

Zieh' Dein Schwert, — stoß' zu.

Raghu

(zu Sattva).

Halt ein. Er steht Dir wehrlos gegenüber.

Atman

(hält Sattva zurück).

Er ist mit einem Dolche nur bewaffnet.

(Man hört in der Nähe ein Jagdhorn.)

Raghu.

Nun laßt den Streit. Es tönt das Horn des Fürsten.

Sattva

(zu Devi).

Es rettet Dir das Leben.

Atman

(zu Devi).

Treffen wir

Uns wieder, will ich Deine Klinge prüfen.

(Manu, Kanva treten auf. Jagdgefolge.)

Manu
(zu Kanva).

Es war ein kühner Wurf, und er gelang.
Wir wagten kaum zu athmen, als der Löwe
Mit schrecklichem Gebrüll aus seiner Höhle
Auf Dich sich stürzte. Heißer Staub erfüllte
Ringsum die Luft, wie er im mächt'gen Sprunge
Die Pranken in die Erde grub. Du aber
Erhobst mit sich'rer Hand den Speer und zieltest
Nach seinem Herzen. Lautlos, — todt sank er
Zu Deinen Füßen hin.

Kanva.

     Dein Beifall macht
Mich stolz, denn als den besten Löwenjäger
Preist man Dich selbst im schönen Hindustan.

Manu.

Das Lob, das mir gespendet wird, gebührt
In gleichem Maß' dem Hirten meines Landes.
Umlauert von den Leoparden, Tigern,
Uebt er sich schon als Knabe in den Waffen.
Das Auge wird geschärft, gestählt die Sehne,
Und wie der gift'ge Pfeil vom Bogen schnellt,
So bohrt sein Speer sich in die Brust des Feindes.
Wir sind ermüdet, rasten wir im Zelte.

(Er winkt, die Zeltvorhänge werden geöffnet. Er geleitet Kanva zur
Tafel. Die Freunde des Kanva, die Jagdgenossen und Höflinge folgen
dahin und setzen sich zur Tafel.)

Devi
(im Gehen).

Vergiften möchte ich den Feuerwein,
Den er den falschen Gästen reichen läßt.
(Er setzt sich zur Tafel.)

Manu
(erhebt den Becher).

So rein wie dieser Wein, stets ungetrübt,
Sei auch die Freundschaft, die uns eng verbunden.
Die Treue und den Opfermuth, durch die
Sie in den edlen Männerherzen wurzelt,
Wir wollen sie behüten, wie auch immer
Die Schicksalswürfel fallen.
(Er stößt mit Kanva an.)

Kanva
(wendet sich mit erhobenem Becher zu den Gästen).

Ihr jedoch,
Genossen uns'res Stammes, folgt dem Spruche,
Der tief mein Herz bewegt. Ergreift die Becher.
Hoch lebe Vasu, unser edler König!

Devi
(zu Raghu).

Wie schlau ist seine Rede. Zwingt sie nicht,
Dem König als Vasall zu huldigen?
(Alle Gäste stoßen an.)

Manu
(zu Kanva).

Hoch lebe unser König, hoch mein Freund!
Kehrst Du zurück, dann magst Du ihm berichten,

Wie man in meinem Reiche von ihm denkt,
Und seinen Willen ehrt.

Kanva.

Auch will ich schildern,
Wie Du mit weisem Sinn Dein Land beherrschest,
Selbst in die Wildniß dringst, mit Axt und Pflug
Dem Saatkorn eine neue Heimat schaffest,
Und so den Zauberkreis der milden Sitte
Um Wüsteneien ziehst, wo Tod und Leben
Im steten Kampf' nur kurzen Sieg erringen.
Ich will erzählen, wie an den Gebirgen
Die Städte, weit sich dehnend, träumerisch
Hinaus in blühende Gefilde schauen;
Von Feigenbäumen, Mango's eingeschlossen
Die weißen Marmorsäulen der Paläste
Sich in der blauen Fluth des Stromes spiegeln.
Und wie im Purpurlicht der Abendsonne
Die Giebel schimmern und die Teppiche,
Ein Kunstgewebe schöner, zarter Frauen,
Die Tempelpforten schmücken.

Manu.

Es gefällt
Dir hier. Du weilst schon lange in dem Lande,
Und bleibst doch immer meinem Hause fern.
Du bist mein Freund, so theile denn mit mir
Auch Alles, was ich habe, — folge mir
In den Palast.

Kanva.

Laß' mich im Zelte wohnen.

Manu.

Du willst die Zeltgenossen nicht verlassen?
Sie sollen mit Dir den Palast beziehen.

Kanva.

Ich kann Dein Haus, — ich darf es nicht betreten.

Manu.

Was mag Dich hindern?

Kanva.

Das Verbot des Königs.

Manu.

Du sollst die Hand nicht dem Vasallen reichen?

Kanva.

So sprach er nicht. Erlaß' es mir zu sagen.

Manu.

Du willst es mir verschweigen? — Ist der König
Von tiefem Hasse noch erfüllt? — Ihn quält
Der Spruch des aberwitzigen Propheten.
Er sieht in mir den Feind, — den Kronenräuber,
Und sinnt auf mein Verderben, will den Frieden,
Den er mit mir geschlossen, wieder brechen.

Kanva.

Du bist erregt, laß' mich jetzt heimwärts ziehen.

Manu.

Doch früher nicht, bis Du mir den Befehl,
Den Dir der König gab, eröffnet hast.

Kanva.

O fordere es nicht von Deinem Freunde.

Manu.

Verbirg' dem Fürsten nichts.

Kanva
(steht auf).

                              So wisse denn,
Die Götzen Deines Hauses wehren uns
Den Eintritt.

Manu
(springt erzürnt auf).

                    Ihr verachtet mich, weil ich
Den alten Glauben noch nicht abgeschworen? —
Verläugnet Indra, opfert nicht dem Agni;
Es ziemt mir nicht, darob Euch zu verfolgen,
Doch dulden kann ich nicht, daß Ihr sie schmäht.
(Alle Höflinge des Manu stehen auf und sammeln sich um Manu.)

Ein Höfling
(zu Manu).

Du bist beschimpft!

Alle Höflinge.
Sie sind die Götzendiener!

Atman
(zieht das Schwert).

Versucht es, ob Euch Eure Götzen schützen.

Kanva
(hält ihn zurück).

Wir kamen nicht, um ihre Macht zu prüfen.

Devi.

Ihr dürft' es auch nicht wagen.

Manu
(zu Kanva).

Falschen Sinnes
Trankst Du mir zu den Becher, — schlossest Du
Mit mir den Freundschaftsbund. Das Lob des
Schmeichlers
War eine Lüge, nur ersonnen, mich
Zu täuschen. Doch das Wort des Glaubenshasses
Verrieth zu früh den Heuchler.

Ein Höfling.

Rächen wir
Den Schimpf.
(Alle Höflinge ziehen das Schwert und rufen den Genossen Kanva's zu:)

Vertheidigt Kanva, Euren Liebling.

Manu
(zu den Höflingen).

Steckt ein das Schwert. Das Gastrecht schützet sie.

Einige Höflinge.

Sie haben es verletzt.

2*

Andere.

Sie lästerten
Die Götter uns'res Landes.

Manu
(zu ihnen).

Weicht zurück.
Ihr König soll uns nicht beschuldigen,
Daß wir ihr Blut vergossen. Haltet Frieden.

Kanva
(zu Manu).

Verdamme nicht den Freund und höre ihn.

Manu
(zu Kanva).

Nur Indra kann den Frevel Dir verzeihen.
Erzitt're vor dem Gott, den Du verneinst.
Er festigte die Erde, als sie wankte,
Entfesselte die Ströme, ließ erbrausen
Das Meer. Er schuf die Sonne — und auch Dich.
Sein Blitz zermalmt den kühnen Himmelsstürmer,
Sein Pfeil dringt in das Herz des trotz'gen Feindes,
Vor seinem Hauch erbebt die ganze Welt.
(Zu den Gefährten Kanva's.)
Zieht in die Zelte Euch zurück. So lange
Ihr hier verweilt, seid Ihr des Schutzes sicher,
Den ich versprach. Doch was Ihr sonst begehrt,
Sei Euch versagt. Kein Wein, den wir bereitet,
Erquicke Euch. Kein Korn, das wir gesät,

Auch keine and're Frucht, — kein Fleisch von Thieren,
Die uns're Weiden nährten, werden Euch
Zur Stärkung Eures Leibes mehr gereicht.
Und raubt Ihr sie, zerstören uns're Götzen
Dann ihre Kraft. Verschlossen bleibt die Pforte,
An die Ihr pocht, gleichviel, ob Ihr um Schutz
In Todesnöthen fleht, ob Ihr mit Liedern
Um Mädchenherzen werbet. Wagt Ihr es,
Gewaltsam Schloß und Riegel zu erbrechen,
Dann soll das Götzenbild, das uns beschützt,
Mit Blindheit Euer falsches Auge treffen.

(Er geht mit den Höflingen, Devi und Raghu rasch ab.)

Atman.

Sie gehen ungestraft.

Sattva.

Wir sind geächtet.

Ninda
(zu Kanva).

Du bist des Königs Abgesandter, — Manu
Nur sein Vasall. Du mußt Dich rächen.

Kanva
(entschlossen).

Geht,

Und brecht die Zelte ab, wir kehren heim.

(Atman, Ninda und Sattva gehen ab.)

Kanva

(allein).

Es fiel mir schwer, nach dem Gebot des Königs
Zu handeln. Vasu trägt noch im Gemüthe
Den bösen Argwohn, der ihn gegen Manu
Mißtrauisch stimmt. Doch Manu ist kein Feind,
Den er zu fürchten hat. Der edle Freund
Ist tief verletzt. Er kam mir liebevoll
Entgegen. Darf ich aus dem Lande ziehen,
Bevor es mir gelang, ihn zu versöhnen? —
Doch wie kann ich ihn sprechen?

(Er sieht Devi herankommen.)

Sieh, dort naht
Ein Höfling; ich will seinen Rath vernehmen.

(Devi kommt mit Dienern.)

Devi

(zu den Dienern).

Tragt die Gefäße in das Schatzgewölbe.

(Die Diener gehen in das Zelt und tragen die Tafelgefäße fort.)

(Zu Kanva.)

Du weilst noch hier?

Kanva.

Um aus dem Herzen Manu's
Den ungerechten Groll zu bannen.

Devi.

Jetzt? —
Du kannst es nicht. Er zog sich hocherzürnt
In sein Gemach zurück.

Kanva.

Er wird den Freund,
Wenn er versöhnlich naht, die Hand ihm bietet,
Von sich nicht stoßen.

Devi.

Die Beleidigung,
Die er erlitten, kann ein mildes Wort
Nicht tilgen.

Kanva.

Raschen Blutes, ohne uns
Zu hören, brach er über uns den Stab.
Wir waren unbesonnen, nicht gewillt,
Ihn zu verletzen.

Devi.

Wohlberechnet war
Das harte, schnöde Wort des Glaubenshasses.

Kanva.

Wenn er so denkt, darf er dem Feinde weigern,
Den heilenden Verband an seine Wunde
Zu legen?

Devi.

Hast Du ihn allein geschmäht? —
Wenn auch der Herrscher Dir vergeben wollte,
Das Volk wird doch nie diesen Schimpf vergessen.

Kanva.

Dann bist auch Du bereit, die Gluth des Hasses,
Die schwach noch glimmt, mit blut'ger Hand zu schüren.

Devi
(heuchlerisch).

Mir fehlt dazu der Muth und auch die Macht.

Kanva.

Was ich verlange, kannst Du leicht erfüllen.
Vermittle zwischen mir und Deinem Fürsten
Den Ort, den neuen Freundschaftsbund zu schließen.

Devi.

Lass' ab von dem Begehr'n; er hebt die Acht,
Die über Dich verhängt ist, jetzt nicht auf.
In dem Palaste schützt kein Rang Dich mehr,
Das Schwert verweigert dort den Einlaß Dir.

Kanva.

Doch nicht der Reichsverweser, nur der Freund
Kommt in das Haus des theu'ren Jagdgenossen.

Devi.

Mag sein, daß er in seinem Rosengarten
Dich einmal noch empfängt; in den Palast,
Den er wie einen Tempel sorgsam hütet,
Wirst Du wohl nicht mehr dringen. Dort bewacht
Er seinen größten Schatz, und Keiner fand
Bis jetzt das Zauberwort, das ihm die Pforten
Zu diesem Heiligthum geöffnet hätte.
Dir wäre es gelungen, seinem Hüter
Den Schlüssel zu entlocken; nun ist es
Vorbei, Du wirst den Schatz nicht schauen.

Kanva.

Du ihn?

Sahst

Devi.

Fürwahr der selt'ne Edelstein
Ist solcher Obhut werth. Sein Feuerstrahl
Entzündet in dem Herzen die Begierde,
Ihn zu besitzen.

Kanva.

Und gehört er ihm?

Devi.

Der Schatz ist ein Geschenk der Götter.

Kanva.

Wie?

Devi.

Du sprachst entzückt von uns'ren Ländereien,
Die überall die Kunst und die Natur
Verschwenderisch geschmückt. Du sahst so viel
Des Schönen, doch das Schönste sahst Du nicht.

Kanva

(lebhaft).

Du meinst den Schatz? Dann schildere ihn mir.

Devi.

Zu matt sind meine Worte, seinen Glanz
Dir zu beschreiben.

Kanva

(dringend).

Reize mich nicht länger,
Beginne nur, es wird Dir auch gelingen.

Devi.

Wenn ich die schönste Jungfrau uns'res Landes
Mit einem Edelstein verglich, willst Du
Mich dann noch weiter hören?

Kanva.

Unbekannt
Ist mir die Schöne.

Devi.

Ihr bist Du es nicht.

Kanva

(begierig).

Wer ist die Holde?

Devi.

Sie ist Manu's Tochter.
Du weißt es nicht, wie sehr Govinda Dir
Ergeben ist.

Kanva.

Ich sah sie nie.

Devi.

Doch ihr
Erschienst Du wie in einem Zauberspiegel,
Wenn Manu voll Begeisterung das Wort
Ergriff und von dem Adel Deiner Seele,

Von Deiner Jugendkraft und Schönheit sprach.
Nun lass' mich gehen, meine Rede soll
Dich länger nicht ermüden.

Kanva
(dringend).

Alles, was
Du von Govinda mir berichten kannst,
Erzähle.

Devi
(Entzücken heuchelnd).

Ja, mich selbst entzückt das Bild,
Das jetzt von ihr vor meinem Auge schwebt.
Wie die Cypresse schlank ist sie vom Wuchs,
Und ihre Hand so weiß wie Elfenbein.
Das dunkle, moschusduft'ge Lockenhaar
Schlingt sich um ihren zarten Silberhals;
Fürwahr der Ambra duftet süßer nicht.
Wenn sanft sie lächelt, zeigt der kleine Mund
Dir eine Reihe blendend weißer Perlen.
Ihr Auge schimmert wie das frische Blatt
Der blauen Wasserrose, und die Wimper
Glänzt schwarz wie Rabenflügel. Leicht geröthet,
Voll Liebreiz ist ihr heit'res Angesicht,
Wer es erschaut, kann ihm entfliehen nicht.
(Er hält inne und blickt forschend auf Kanva.)

Kanva
(schwärmerisch).

O fahre fort, von Deinen Worten wird
Mein Herz gar wunderbar bewegt.

Devi.

Sie können
Govinda's Schönheit Dir nicht ganz enthüllen.
Der Wohlklang ihrer Stimme weckt die Sehnsucht,
Die herrlichste der Frauen an das Herz
Zu drücken; und ihr seelenvoller Blick
Verräth, wie rein, wie tief sie auch empfindet.

Kanva
(entzückt).

Govinda denkt an mich?

Devi.

Sie spricht von Dir, —
Von Deinen Thaten mit Bewunderung.

Kanva
(leidenschaftlich).

Ich muß sie sehen. Führe mich zu Manu.

Devi.

Der Dienst des Fürsten hindert mich, den Wunsch
Dir zu erfüllen.

Kanva.

Wie? Du willst es nicht?
Du kündigst den Gehorsam auf? Bist Du
Nicht der Vasall des Königs?

Devi.

Nicht der Deine.

Kanva.

Gebiete ich hier nicht in seinem Namen?

Devi

(mit Hohn).

Befiehlt dies auch, was Du verlangst, der König?

Kanva.

Du wagst, mich zu verhöhnen?

Devi.

Folg' ich Dir,

Bedroht auch mich die Acht.

Kanva.

Wenn sie Dich trifft,

Dann währt sie wohl nicht lange. Ist der Fürst
Mit mir versöhnt, dann wird er freudig Dir
Den Ungehorsam gegen sein Gebot
Verzeihen. Zög're nicht, — geleite mich.

Devi

(entschieden).

Du bist geächtet, und Dein Wort dringt nicht
Mehr in mein Ohr, es streicht wie Luft ganz tonlos
An ihm vorüber. Du selbst stehst vor mir
Ein eitler Schemen, der in Nichts zerrinnt.

(Bei Seite.)

Die Rache ist gelungen. Es beginnt
In ihm der Kampf der Sehnsucht und der Reue.
Govinda aber wird er nie erringen.

Kanva.

Das ist die Art des Feiglings, vor dem Günstling
Krümmt er den Rücken, dem vom Hof Verbannten

Begegnet er noch unverſöhnlicher
Als der erzürnte Fürſt. Geh! Ohne Dich
Wird mir das Werk gelingen.

(Devi geht ab.)

Kanva
(allein).

Wie der Wand'rer,
Wenn ſich der Pfad in dichte Nebel hüllt,
Beklommen innehält, ſo ſteh' ich zögernd
An der verſchloſſ'nen Pforte des Palaſtes.
Wird er ſie öffnen, wenn ich an ſie poche?
Und wenn er ſie erſchließt, Gehör mir ſchenkt,
Wird er, der Tiefgekränkte mir auch glauben,
Wenn ich ihm ſage, daß der Freund verdammt,
Was ihm der pflichtgetreue Diener jüngſt
Verkünden mußte? — Wer verräth mir jetzt
Das Zauberwort, das Manu's Groll beſiegt?
Entdeckt es mir die Liebe, die in mir
Erwacht? — Hält ſie mich nicht zurück? — Ich ſoll
Es noch nicht wagen. Winkt mir lächelnd nicht
Govinda zu und ſpricht ſie nicht zu mir:
Vielleicht durch mich zu ihm? — Durch ſie? —
Wohlan!
Sie ſei mein Leitſtern, — führe mich zum Ziele.

(Er geht langſam ab.)
(Der Vorhang fällt.)

Zweiter Aufzug.

Palmenhain wie im ersten Aufzuge. Das Tafelzelt ist fortgebracht. Es ist Abend.

(Atman, Ninda, Sattva im Gespräch.)

Atman.

Zur Reise ist schon Alles vorbereitet,
Nur seine Unentschlossenheit verzögert
Den Aufbruch.

Ninda.

Was hält Kanva hier zurück?

Atman.

Ich weiß es nicht.

Sattva.

Gar seltsam ist sein Thun.
Er weicht verdrießlich uns'ren Fragen aus,
Durchwandert ganz allein die Palmenwälder,
Und kehrt erst Abends zu dem Zelte heim.

Atman.

Die Jagdlust ist es nicht, die ihn hinaus
Am frühen Morgen in die Schluchten zieht.

Kein frisches Tigerblut klebt an dem Spieße,
Und keine Adlerfeder steckt am Hute,
Wenn er im tiefen Schweigen wiederkommt.
Die Beute, die er bringt und oft betrachtet,
Weist auf ein and'res Ziel des Wand'rers hin.

Ninda.

Die Blumen, die ihn schmücken, blühen nicht
Im heißen Sande, nicht im Felsengrunde.

Atman.

Sie duften in dem Garten des Palastes.

Sattva.

Wenn ihn ein Liebesabenteuer uns
Entfremdet?

Ninda.

   Keine Schöne wird es wagen,
Mit dem Geächteten ein Wort zu tauschen.

Sattva.

Man sucht ihn zu verlocken, — zu verderben.

Ninda.

Wir müssen fort. Nichts Gutes, denke ich,
Steht uns bevor, wenn er noch länger hier
Verweilt. Unheimlich glänzt das dunkle Auge
Der trotzigen Bewohner dieses Landes,
Wenn sie an uns vorüberschleichen.

Atman.

Furcht

Beherrscht mich nicht; doch kostbar ist die Zeit,
Die unter diesen Schwärmern wir verträumen.
In Lauben, nicht in Tempelhallen will
Ich vor der Sonnengluth mich flüchten, singend
Die Schönheit uns'rer heit'ren Mädchen preisen,
Und in dem Becher nur den einz'gen Schmerz
Begraben, daß zu schnell die Lust entflieht.
Wie anders ist die Luft in Hindustan!
Der Schaum der heil'gen Gangesfluth benetzt
Des Zephirs blaue Schwingen, die, wenn wir
Ermattet sind, uns sanfte Kühlung spenden.
Er soll sie wieder athmen; — in der Heimat
Zu neuen Thaten sich begeistern.

Hinda
(zeigt in den Wald).

Sieh',
Wie er den Blick zur Erde senkt.

Sattva.

Er seufzt.

Atman.

Er wandelt wie ein Träumender.

Hinda.

Er sieht
Uns nicht.

Oberleitner, Govinda.   3

Atman.

Ich will ihn aus dem Traume wecken.

Kanva

(tritt in Gedanken auf).

(Für sich.) Trennt mich das unbedachte Wort nicht auch
Von ihr? Soll sie für mich verloren sein? —
Wenn sie die unheilvolle That erfährt,
Kann sie mir ihre Neigung nicht entziehen?

Atman

(nähert sich ihm).

Was sinnest Du?

Kanva

(aufblickend).

Du hier?

Atman.

Es nagt ein Kummer
An Deinem Herzen. Ihn verräth Dein Blick.

Kanva.

Wenn er den Späher täuscht?

Atman.

Spricht doch aus ihm
Ein tiefer Seelenschmerz.

Kanva.

Es spiegelt sich
In ihm der schlimme Eindruck der Begegnung
Mit Manu ab.

Sattva.

Vergällt Dir das Ereigniß
Den Aufenthalt, warum noch zauderst Du,
Mit uns das Land der Schwärmer zu verlassen?

Kanva.

Ich kann es nicht.

Atman.

Verwehrt der stolze Manu
Die Heimkehr Dir?

Kanva.

Nicht er hält mich gefangen.
Die Liebe zog um mich den Zauberkreis,
Dem ich nicht mehr entrinnen kann.

Atman.

Du wandelst
In Rosenfesseln?

Kanva.

Manu's holde Tochter,
Govinda hat mit ihnen mich umschlungen.

Atman.

Die Tochter uns'res Feindes!

Kanva.

Sie wird ihn
Mit uns versöhnen.

Atman.

Doch entzweien Dich
Mit Deinem König.

Ninda.

Wider sein Gebot
Willst Du zum Weib die Götzendienerin
Erwählen?

Kanva.

Kann es Vaju mir verbieten?
Er nicht, Govinda hat allein das Recht,
Die Liebe, die ich hege, zu verdammen.

Atman.

Warum verschwiegst Du uns bis jetzt Dein Glück?

Kanva.

Der Eifer meiner Freunde konnte leicht
Das Ziel der heißen Sehnsucht mir verrücken.
Es galt, die Wachsamkeit der Höflinge
Zu täuschen, — das Vertrauen der Geliebten
Nicht zu verletzen.

Atman.

Wie gelang es Dir?

Kanva.

Mit Bitten und mit Gold gewann ich Nala,
Govinda's Dienerin; und ihr entdeckten
Die Liebenden die Wünsche ihrer Herzen.

Atman.

Darfst Du sie lieben? Ist sie uns'res Glaubens?

Kanva.

Ist wohl die Rose minder schön, weil sie
In einem Tempel aus der Knospe sprang,
Der meinen Göttern nicht geweiht? Und wenn
Sie mich entzückt, soll ich sie dann nicht pflücken?

Atman.

Doch von der Hand gebrochen, die der Fluch
Des Frevels trifft, wird sie sehr bald verwelken.

Kanva.

Die Götter werden mir ob dieser That
Nicht zürnen.

Atman.

    Doch der König und das Volk.

Kanva.

Sie mögen grollen; um den Preis der Liebe
Ertrage ich den Zornesblick des Königs,
Den ungerechten Vorwurf auch der Menge.
Was hier der Mensch erringen mag, es reizt
Nur die Begierde und befriedigt nicht
Das Herz. Wie viele edle Geister forschen
Dem Quell' der Wahrheit nach, doch Wenige
Nur hören ihn an sich vorüberrauschen. —
Beglückt der Reichthum uns und seine Pracht?

Verlockt er uns're edlen Triebe nicht
Mit seinem falschen Glanze in die Netze
Des Eigennutzes und der Habsucht? Raub, —
Betrug umlauern Dich, wenn Du das Gold
In Deinen Händen wiegst, und Du Dich schmückst
Mit Edelsteinen. Lange blenden sie
Nicht Deinen Sinn, und bald wirfst Du sie fort,
Die stummen Zeugen Deiner Eitelkeit. —
Verwelkt oft früher nicht der Ruhmeskranz,
Bevor das stolze Haupt, das er umschlingt,
Sich sterbend neigt? — Die Liebe facht allein
In uns'rer Brust die Götterflamme an,
Die uns den Pfad zum Lebensglück erhellt.

Atman.

So ziehst Du nicht mit uns?

Kanva.

Ich bleibe hier.

Sattva.

Du bist geächtet, schutzlos, wenn wir Dich
Verlassen.

Kanva.

Schirmt mich nicht die Tochter Manu's?
Das Wort der Liebenden wird von der Acht
Mich bald befreien.

Ninda.

Wer vertheidigt Dich
Vor Vasu, Deinem Herrn?

Kanva.

Verschweigt ihm nichts.
Ich werde selbst an seinem Thron erscheinen;
Mein gutes Recht wird dann mein Anwalt sein.
Das Wort des Königs, das ich sprechen mußte,
War hart und feindlich. Tief verletzt ist Manu,
Gefährdet auch der Friede. Kann mir Vasu
Die Gunst entzieh'n, wenn ich die Tochter Manu's
Nach Hindustan entführe? Ist Govinda,
In Liebesketten schmachtend, nicht das größte
Und auch das schönste Unterpfand der Freundschaft
Und der Versöhnung beider Nachbarstämme?

Atman.

Für diesen hohen Zweck magst Du es wagen.

Kanva.

Kehrt glücklich heim.

Atman
(zu Sattva, Ninda).

Nun kommt. Die Nacht bricht an.
(Sie gehen ab.)

Kanva
(allein).

Sie haben mich verlassen. Meine Freude,
Und meine Klagen finden nun kein Echo
In ihrer Brust. Auch bei Govinda nicht? —
(Er sieht in die Gegend.)

Der Lotus öffnet seinen rothen Kelch,
Doch von dem schwülen Himmel fällt kein Thau,
Um seine welken Blätter zu erfrischen. —
Die Liebesqual drückt nieder meinen Geist.
Lauscht er vergebens, daß das süße Wort
Von ihren Lippen tönt und seinen Schwingen
Die Fesseln löst, — die Flugkraft wiedergiebt? —
Ich wage kaum zu denken, daß sie mir
Ihr Herz verschließen könnte. Kühn ist wohl
Der Schritt, den ich gethan, doch meine Liebe
Entschuldigt ihn. Wenn sie mich wahrhaft liebt,
Kann sie mir ob des Briefes auch nicht zürnen.
Darf ich noch zweifeln? Hat mir Nala nicht
Vertraut, wie mich Govinda liebt? Hat sie
Mich nicht ermuthigt? — Mondbeglänzte Nacht!
Was früher sie nur Dir allein verrieth,
Soll ihre keusche Lippe unbefangen
Jetzt mir vertrauen.
                    (Er hört ein Geräusch und lauscht.)
                              Horch! Welch' ein Geräusch!
Wer naht heran? Kommt die ersehnte Botin?

Nala
(eilt zitternd herbei und hält sich an einer Palme).

Ich kann nicht mehr.

Kanva
(stützt sie).

                              Du bist es Nala? Zitternd
Wie die Gazelle, die vom Jaguar

Verfolgt, im heißen Wüstensand erschöpft
Zusammenbricht. Was ängstigt Dich? O sprich.
Govinda zürnet mir?

Nala
(um sich schauend).

Erblickst Du nichts?

Kanva.

Erhole Dich. Das Schreckbild, das der Mond
Vor Deine Sinne gaukelte, entschwand.

Nala.

Das fahle Zwielicht täuschte nicht mein Auge
Mit einer Spukgestalt. Es war ein Mann,
Der meinen Schritten folgte, ihn verrieth
Das Schwertgeklirr.

Kanva.

Und sahst Du sein Gesicht?

Nala.

Ich schaute es nur flüchtig, als ich einmal
Zurück mich wandte und erkannte es.
O sieh' Dich vor, daß Du ihm nicht begegnest;
Denn Devi war es, der nicht zaudern würde,
Sein Schwert mit Deinem Blut' zu röthen.

Kanva.

Devi!?—

Er weiß noch nicht, wie ich die Waffe führe.
(Dringend.) Nun sprich von ihr.

Nala.

Govinda harret Dein.
Sie sendet Dir zum Gruße den Asoka.

(Uebergiebt ihm den Asokazweig.)

Kanva
(ihn betrachtend).

Er ist geweiht dem Liebesgott. Doch sieh,
Schon fallen seine zarten Blüthen ab.
Er welkt dahin, weil er an ihrem Herzen
Nicht ruhen, ihr nicht Düfte streuen kann.

Nala.

Dein Brief hat sie entzückt. Sie las ihn oft,
Und drückte ihn beseligt an das Herz.
Du bist das Traumbild ihrer Nächte; wacht
Sie auf, denkt sie, bis sie entschlummert, nur
An Dich.

Kanva.

Wie fasse ich die Wonne? Doch, —

Nala.

Dich quält ein Zweifel, da am Ziel' Du bist?

Kanva.

Noch sah mich nicht die Holde. Wenn das Bild,
Das ihre Phantasie von mir entwarf,
Mir nicht in allen Zügen gleicht?

Nala.

Der Maler,
Der es gezeichnet, traf Dich meisterhaft.

Er ahnte nicht, wie die Begeisterung,
Die ihn entflammte, in Govinda's Herzen
Die Liebesgluth entzündete.

Kanva
(schnell).

        Der Künstler
War Manu selbst?

Nala.

Er war es.

Kanva.

        Weiß sie Alles?

Nala.

Nein. Das Zerwürfniß hat er ihr verschwiegen.

Kanva
(freudig).

Dann winkt die Hoffnung mir: Durch sie zu ihm.

Nala.

Es drängt die Zeit. Du kannst sie unbelauscht
Im Rosengarten sprechen. Manu jagt
Bis zu dem nächsten Morgen in den Wäldern.

Kanva.

Dann eilen wir, bevor die Nacht entflieht.
(Sie gehen Beide ab.)

(Rosengarten. Links der Palast Manu's.)

Govinda

(tritt aus dem Palaste. Sie hält einen Brief in der Hand).

Zu rasch war mein Entschluß, mich überkommt
Die Reue, daß ich Nala fortgesandt.
Die Ueberraschung riß mich hin; ich folgte
Beseligt der Verführerin. Es ist
Gescheh'n. Ich kann der Unterredung mich
Nicht mehr entziehen. Nicht? — Wer hindert mich
Zu gehen und in den Palast zu treten?

(Sie will gehen, bleibt aber plötzlich stehen.)

Es wankt mein Fuß und heftig pocht mein Herz. —
Er wird wohl zürnen, wenn er mich vermißt.
Nein. Ihn zu kränken, habe ich kein Recht.
Er schrieb so liebevoll. — Kann ich ihm auch
Vertrauen? Darf ich noch die Frage stellen? —

(Sie betrachtet den Brief.)

Es spiegelt sich sein Bild, das jüngst der Vater
Von ihm entwarf, in diesen Zeilen ab.
Ein Mann der That und edel tritt im Geiste
Er mir entgegen. Und wenn noch der Zweifel
Mein lang verwaistes Herz gefangen hielt,
Ob das in mir erwachende Gefühl
Die Liebe sei, gelöst ist er für immer
Durch seine Worte. Tönen sie nicht nach
In meiner Seele, sprechen sie nicht klar
Die mächtige Empfindung aus, die jetzt
Mit ihrer Zauberkraft zu ihm mich zieht?

(Sie steckt den Brief in den Busen.)

Streicht durch den Rosenbusch der Abendwind,
Und fliegt ein Vogel auf, erbebt mein Herz;
Im leisesten Geräusch glaub' ich zu hören,
Daß er mir nahe ist. Die Sehnsucht sprengt
Mir fast die Brust, sie kann das Liebesglück,
Das einzige Geheimniß, das sie hütet,
Nicht länger mehr verbergen. Komm Geliebter,
Befreie mich von dieser süßen Qual,
Sie endet nur, wenn ich dir zugeflüstert,
Wie ich dich liebe.

(Sie nähert sich einem Rosenstrauch und betrachtet eine Rose.)

Senke nicht den Kelch
Du weiße Rose; küßt der Morgenstrahl
Den Thau auf deinen Blättern, blühest du
Noch schöner, duftest du durch ihn noch süßer.

(Kanva und Nala treten auf. Nala zeigt auf Govinda und geht in
den Palast.)

Kanva

(eilt hervor, stürzt Govinda zu Füßen und küßt ihr gelöstes Lockenhaar).

Lass' küßen mich Dein Haar. Es strömt aus ihm
Ein Duft, der würziger als Ambra ist.
O wie beneidenswerth sind diese Locken,
Die sich an Deine keusche Stirne schmiegen,
Und wenn Du Dich herab zur Rose neigst,
Die Wangen und den Purpurmund berühren.
Du Holde, oft umschwebte Dich mein Geist,
Und sandte an die Götter ich die Bitte,
Daß sie mir gönnten, zu den Füßen Dir

Zu stürzen, — meine Liebe zu gestehen.

(Govinda hebt ihn empor. Kanva erfaßt ihre Hand.)

Das ist die Hand, so weiß wie Elfenbein,
Die mich zum glücklichsten Gefang'nen macht.
Wenn sie mich aus der Haft entlassen wollte,
Bestürmen würd' ich sie so lang mit Küssen,
Bis sie für immer mir die Freiheit nimmt,
Um meine Hand das Band der Ehe schlingt.

Govinda.

Was Du mir schriebst, hat mich mit Seligkeit
Erfüllt; doch jetzt schlägt höher noch mein Herz,
Da ich auf Deine Liebesworte lausche.

Kanva.

Entzückt bin ich von Deiner Silberstimme,
Ihr weicher Ton verwirrt mir fast die Sinne.
Noch sah ich nicht Dein holdes Angesicht.

(Er blickt zum Himmel empor.)

Es tritt der Mond aus seinem Wolkenzelte.
O lüfte jetzt den Schleier, lasse mich
In seinem Lichte Deine Schönheit schauen.

(Govinda wirft den Schleier zurück.)

Kanva

(tritt überrascht in den Schatten und ruft entzückt aus):

Wie schön bist Du!

Govinda

(zieht leidenschaftlich Kanva in das Mondlicht und ruft aus):

Du bist es!

(und stürzt an sein Herz.)

Kanva
(sie umschließend).

Ewig mein! —
Ein himmlisches Gefühl, das den Gedanken
An eine Trennung schnell verscheucht.

Govinda.

Du darfst
In dieser Stunde, auch nicht einmal leise,
Das Wort des Abschieds nennen; denn vernimmt
Der Liebesgott, der uns belauscht, den Seufzer
Des glaubensschwachen Zweiflers, streift er schnell
Die Rosen von der Liebeskette ab,
Drückt er den Dorn des Kummers in das Herz.

Kanva.

Erfüllt uns der Gedanke nicht mit Bangen,
Daß oft ein unbedachtes Wort der Freude
Für immer unser Glück zerstören kann? —
Entgleiten nicht dem glücklich Liebenden
So leicht die gold'nen Zügel der Vernunft?
Er will beneidet sein; er kann nicht schweigen;
Und drückt so oft im Taumel des Entzückens
Den falschen Nebenbuhler an die Brust.
Der Zauber ist gebrochen, und dahin
Die Seligkeit der ungetrübten Liebe;
Er zittert immer, daß man ihm sie raubt.

Govinda.

Hast Du es zu befürchten? Schließt mein Herz
Nicht Deine Liebe ein?

Kanva.

Doch Einem mußt
Du sie entdecken. Du erräthst ihn wohl?

Govinda.

Dem Vater kann und will ich sie vertrauen.

Kanva.

Ich stamme nicht aus fürstlichem Geschlechte.
Wird er, der stolze Herrscher mir nicht zürnen,
Wenn ich um seine edle Erbin freie?

Govinda.

Beklage nicht, daß keine gold'ne Wiege
In Schlummer Dich geschaukelt. Träumtest Du
Auf Deiner Matte, wie das Fürstenkind
Im Prunkgemach, nicht auch von Zaubermärchen? —
Du schleudertest die Kiesel in die Wellen,
Ich löste aus dem Lockenhaar die Perlen,
Und warf mit ihnen nach den Schmetterlingen.
Wir hätten damals nicht nach ihrem Werth
Gefragt, — im munt'ren Spiele sie getauscht. —
Wenn Dich der Perlenreif der Fürstin blendet,
Dann nehme ich ihn von der Stirne ab.

(Sie nimmt den Reif ab.)

Nun kannst Du unverzagt mit der Geliebten
Zum Vater gehen, — sie zur Braut begehren.

Kanva.

Wird nicht Dein Opfermuth sein Machtgefühl
Verletzen, — er mir Deine Hand verweigern?

Govinda.

Gedenkst Du nicht mit Stolz, was Du vollbracht? —
Dein Lorbeerkranz wiegt eine Krone auf.
Ist er nicht kostbar? Sucht nicht jeder Fürst
Mit ihm sein Diadem zu schmücken?

Kanva.

Doch
Wenn Manu nicht so von den Thaten denkt,
Die mir im Kampfe gegen seine Freunde
Den Ruhm erwarben?

Govinda.

Er bewundert sie.

Kanva.

(für sich).

Wie drückt mich ihr Geständniß. Soll ich ihr
Die unheilvolle That entdecken?

Govinda.

Schweigend
Blickst Du zu Boden; was bewegt Dein Herz?

Kanva.

Noch fehlt sein Segen.

Govinda.

Manu, der Dich liebt,
Wird über uns ihn sprechen.

Devi
(tritt hervor).

Seinen Fluch.

(Govinda entwindet sich Kanva und flieht mit einem Aufschrei des Ent=
setzens in den Palast.)

Kanva.

Govinda, fliehe nicht, befürchte nichts.

(Er will ihr nach, doch Devi vertritt ihm den Weg.)

Devi.

Weich' hier zurück Verräther.

Kanva.

Dieses Wort

Gebührt wohl Dir.

Devi.

Weil ich Govinda hüte?

Kanva.

Warst Du es nicht, der in mein Herz den Keim
Der Liebe pflanzte? Jetzt willst Du das Glück,
Das mir aus ihm entsproß, vernichten?

Devi.

Sahst

Du nicht die Schlinge, die ich Dir gelegt?

Kanva.

Was trieb Dich an zu dieser Hinterlist?

Devi.

Der Haß, den Du in mir durch die Verhöhnung
Der Landesgötter und des Fürsten wecktest.

Kanva.

Zu spät zerstörst Du dann das Liebesnetz.

Devi.

Ich habe mich — und Manu auch gerächt.
Verwundet ist Dein Herz; Govinda aber,
Die es allein nur heilen kann, wirst Du
An Deine heißen Lippen nicht mehr drücken.

Kanva.

Du kannst es nicht mehr hindern, daß der Fürst
Die Hand mir zur Versöhnung reicht.

Devi
(ironisch).

Du tratst
Vergebens in den Rosengarten; Manu
Wird Dir hier nicht entgegenkommen.

Kanva.

Wachst
Du über seine Schritte?

Devi.

Ich beschütze
Govinda nur, daß sie nicht Deiner Arglist
Zum Opfer fällt. Sie soll die Thorheit nicht
Begehen, ihren tiefgekränkten Vater
Von Deinem Edelsinn zu überzeugen.

4*

Kanva.

Du lügst; Du willst mich nochmals hintergehen.
Leg' ab die Maske.

Devi.

Wenn ich es gethan,
Um Dich als uns'ren Gegner zu entwaffnen?
Kannst Du in einem Kriege, den Dein König
Mit uns zu führen denkt, noch gegen Manu
Die Lanze schwingen?

Kanva.

Was berechtigt Dich,
Den Friedensboten zu verdächtigen?

Devi.

Du bist der Liebling uns'res größten Feindes.
Ein Thor nur würde Deinen Worten glauben.

Kanva.

Der Argwohn täuscht Dich über meine Zwecke,
Und über die Gesinnung meines Königs.
Hat Vasu sich mit Manu nicht versöhnt?

Devi.

War nicht der Krieg mit den Gebirgsbewohnern
Der Prüfstein für die Echtheit der Versöhnung?
Hielt Vasu sein Versprechen? Kam er uns
In diesem langen, schweren Kampf' zu Hilfe? —
Es war sein heißer Wunsch, daß unsere Wehrkraft
Durch eine fremde Macht gebrochen würde.

Die Früchte uns'res Sieges aber wußte
Er schlau zu seinem Vortheil auszubeuten.
Der kriegerische Nachbar und Vasall
Erschien ihm zu gefährlich, mußte wieder
Geschwächt, sein Selbstgefühl erschüttert werden.

Kanva.

Auch jetzt noch preist er eure Waffenthat.

Devi.

Wir fühlen nur, daß sie uns schädigte,
Und Vasu's Groll und Mißgunst steigerte.
Geheim und offen, listig und gewaltsam
Versucht er uns'ren Wohlstand zu zerstören.
Ja selbst den alten Glauben uns'res Stammes,
Von dem er abgefallen, trifft sein Spott.
Er schmäht die Götter uns'res Landes Götzen,
Die ihnen Opfer bringen, Götzendiener.

Kanva.

Wenn mich der König sandte, in dem Volke
Das wachsende Mißtrauen zu besiegen? —

Devi.

Der Glaube scheidet Dich von uns. Dein Streben
Und Handeln widerstreitet uns'ren Sitten.
Du suchst bei uns nur die Genüsse auf,
Wie sie daheim die Stunden Dir verkürzen,
Und schüttelst, theilnahmslos für Land und Leute,
Den Staub von Deinen seid'nen Schuhen ab.

Dein stolzer Tritt zermalmt die Ackerscholle;
Du denkst, wenn wir sie segnen, nicht daran,
Daß sie uns Männern gab den freien Sinn,
Ein treues Herz und Schönheit uns'ren Frauen.
Du bist nicht unser Freund, Du kamst hierher
Als Späher, uns're Lande auszuforschen.

Kanva.

Das hast Du ausgesonnen.

Devi.

So wie ich
Denkt auch das Volk.

Kanva.

Der Fürst?

Devi
(mit Hohn).

Das fragst du mich?
Ich bin nicht eingeweiht in seine Ansicht.
Ihr aber sucht den Krieg. War das Verbot,
Das Du im Namen Deines Königs schnöde
Uns in das Antlitz schleudertest, nicht bloß
Der list'ge Vorwand, uns herauszufordern?

Kanva.

Der Vorwurf zeigt von Deinem bösen Willen.

Devi.

Entspricht nur den geheimen Plänen Vasu's.

Kanva.

Du hast das Wort des Königs hoch zu achten,
Doch nicht im falschen Sinne es zu deuten.

Devi.

Der freie Mann spricht, wie er denkt.

Kanva.

So wie
Du Dich erkühnst zu reden, spricht wohl nur
Der Unbesonnene.

Devi.

Der Muthige,
Der den Betrüger zu entlarven sucht.

Kanva.

Nein. Der Empörer.

Devi.

Der sein Heimatland
Vor dem Thrannen Hindustan's beschützt.

Kanva.

Du wagst, den König zu beschimpfen? Schurke,
Das sollst du büßen. Zieh' dein Schwert.

(Er zieht sein Schwert.)

Devi

(das Schwert ziehend).

Wohlan!
Vertheidige ihn jetzt, — Dich selbst.

(Sie fechten.)

(Kanva verwundet Devi am Arme. Devi läßt das Schwert sinken.)

Kanva.

Ich traf
Dich gut.

Devi.

Doch dieses frommt Dir nicht, wohin
Du trittst, bist Du bewacht.

Kanva.

Ich bin noch nicht
Gefangen. Ruf' die Häscher nur herbei.

(Er stellt sich schnell an den Eingang des Palastes. Devi tritt in die
Mitte und winkt. Mehrere Bewaffnete kommen von beiden Seiten heran.)

Kanva

(holt aus).

Ich will erproben, ob ihr fechten könnet.

Devi.

Entwaffnet ihn.

(Die Bewaffneten wollen auf Kanva eindringen, als Manu mit seinem
Jagdgefolge im Hintergrunde erscheint.)

Manu.

Wer stört den Frieden hier?

(Die Bewaffneten ziehen sich von Kanva zurück.)

Devi

(zeigt auf Kanva).

Dort steht der Schuldige.

Manu

(zu Kanva).

Du zogst das Schwert?

Kanva.

Vergieb, daß ich zur Waffe griff, ich wurde
Durch ihn (auf Devi weifend) dazu gezwungen.

Manu
(zu Devi).

Du haft ihn
Gefordert?

Devi.

Vom Palaft' wies ich ihn fort.

Manu
(zu Kanva).

Die Pforte ift und bleibt für Dich verschlossen.

Kanva.

Für immer?

Manu.

Du versperrteft Dir sie selbst.

Kanva.

Du bist erzürnt. Ich kam, Dich zu versöhnen.

Devi.

Er lügt; die Wunde hier zeugt gegen ihn.

Manu
(zu Devi).

Du bluteft?

Devi.

Für Govinda's Ehre.

Kanva.

Glaube

Ihm nicht.

Manu
(hoch erzürnt).

Doch Dir, der Nachts gleich einem Räuber
In den Palast gewaltsam einzudringen
Und mordentbrannt den friedlichen Bewohner
Zu tödten sucht; — doch Dir, der nicht den Fluch
Der Götter, die er jüngst geläftert, fürchtet;
Das Recht, die Sitte, die er zu beschützen
In unf're Lande kam, zum Hohne uns
Verachtet und verletzt, — doch Dir, —

Kanva.

Halt' ein,

Vernimm, was sich begab.

Manu.

Gieb mir Dein Schwert;
Vor Deinem Richter magst Du sprechen.

Kanva
(stolz).

Ich? —

Der König fällt nur über mich den Spruch.

Manu
(streng).

Du weigerst Dich?

Kanva
(zieht das Schwert und zeigt auf dasselbe).

Erhielt ich es von Dir?

Ich zog es nie für Deine Ehre, — nie
Für Deinen Ruhm, für Deine Macht. Kein Blut,
Das aus der Wunde Deiner Feinde floß,
Hat es bespritzt; — mit keinem Friedenskranze,
Den Deine Priester weihten, wurde es
Geschmückt. Du hast kein Recht es jetzt von mir
Zu fordern, — denn das Schwert gehört dem König.
(Er zerbricht am Knie das Schwert und wirft es zur Erde.)

Manu
(schnell).

Doch bleibst Du mein Gefangener.

Kanva.
Ich will
Bis Vasu über Dich und mich das Recht
Gesprochen, hier verweilen.

Manu.
Folge mir.
(Er schickt sich an, in den Palast zu gehen.)
(Der Vorhang fällt.)

———

Dritter Aufzug.

Saal im Palaste des Manu.

(Govinda, Devi, der einen Arm in der Schlinge trägt, treten durch
die Mittelpforte auf.)

Govinda.

Ich dulde nicht, daß Du mich überwachst.

Devi.

Ich gab schon längst das Amt des Hüters auf,
Und bin auch nicht gewillt, zum zweitenmale
Den Lohn dafür zu ernten.

(Er zeigt auf den Arm in der Schlinge.)

Govinda.

       Du erhieltst,
Was Du verdientest.

Devi.

       Du hast Recht, mein ist
Die Schuld. Ich war zu schonungsvoll. Doch nur,
Um mich gefällig Dir zu zeigen, focht
Ich schlecht.

Govinda
(spöttisch).

          Ich soll für diesen Liebesdienst
Dir wohl noch danken?

Devi.

          Manu weiß ihn nur
Zu würdigen; Du aber zürnest mir,
Weil ich dem Manne, den Du liebst, mißtraue.

Govinda.

Ist er ein Feind des Manu?

Devi.

          Wenn ich es
Bejahe, wirst Du mich der Lüge zeihen.

Govinda.

Ich sehe nur, daß Du sein Herz nicht kennst.

Devi.

Der schlaue Jüngling weiß mit süßen Worten
Dein leicht empfängliches Gemüth zu rühren.
Doch Manu hat den Kanva schnell durchschaut;
Er hält den Friedensbrecher dort gefangen.

Govinda
(entrüstet).

Das ist Dein Werk!

Devi.

          Geh' hin und klage mich
Bei Manu an.

Govinda.

Ich will Dein Lügennetz
Zerreißen.

Devi.

In das Liebesgarn, das Du
Um Kanva warfst, wirst Du wohl Manu nicht
Verlocken.

Govinda.

Ich will Dich nicht länger hören;
Entferne Dich.

Devi.

Vom Anblick des Verhaßten
Kann ich Dich nicht befreien, der Befehl
Des Fürsten hält mich hier zurück.

Govinda.

Den Diener, —
Die Tochter nicht.

(Sie will in das Gemach des Manu gehen.)

Manu
(tritt aus dem Gemache).

Was geht hier vor?

Devi.

Mein Fürst.

Govinda
(ihn unterbrechend).

Ich muß allein Dich sprechen, heiß' ihn gehen.

(Manu winkt dem Devi, welcher den Saal verläßt.)

Manu.

Du wagst, mir vor das Angesicht zu kommen?

Govinda.

So sprachst Du nie zu mir.

Manu.

                    Hart dünken Dir
Die Worte; nach dem Schmerze, den Du mir
Bereitet, fragst Du nicht.

Govinda.

                    Dich kränkt die Liebe,
Die mich so glücklich macht?

Manu.

                    Nicht Deine Neigung
Betrübt mein Herz; doch daß Du sie dem Kanva,
Dem Feinde unf'res Hauses zugewandt.

Govinda.

Das ist die Ansicht Devi's, der ihn haßt,
Nicht deine Ueberzeugung. Glaub' ihm nicht,
Er ist ein Mann voll Geist, doch kalten Herzens.
Das Gift im gold'nen Becher tödtet auch,
Wie jenes in der irb'nen Schale.

Manu.

                    Kanva
Ist wohl der treue Freund, auf dessen Lippen
Das Wort der Wahrheit schwebt?

Govinda.

Doch früher drücktest
Du ihm die Hand. Sein kühner Muth, sein Blick,
Der seine edle Seele wiederspiegelt,
Und sein bescheid'ner Sinn, der jedes Lob,
Das Du ihm oft gespendet, von sich wies,
Der weiche Ton auch seiner klaren Stimme,
Der selten nicht das Auge Dir umflorte,
Sie haben immer dich entzückt, und jetzt
Verschließt Du ihm Dein Herz?

Manu.

Er täuschte mich.

Govinda.

Dann wehe meinem armen Herzen, wenn
Er anders ist, als Du ihn mir geschildert.
Wenn ich ihn liebe, kannst Du mich verdammen?
Warfst Du den Funken nicht in meine Brust,
Der rasch empor zur Flamme loderte?

Manu.

Ich habe noch die Macht, sie zu ersticken.

Govinda.

Wie? Darfst Du auch mein Lebensglück zerstören?

Manu.

War ich nicht stets bemüht, es Dir zu gründen?
Erfüllte ich nicht jeden Deiner Wünsche?

Govinda.

Du hast mit selt'nen Schätzen mich beschenkt;
Doch ihre Pracht erfreut mich jetzt nicht mehr,
Denn mein Geliebter soll sie nicht bewundern.
Die Blumen meines Rosengartens wird
Der Wind vom Zweige streifen und entblättern.
Warum soll ich die schönste Knospe brechen,
Wenn ich mit ihr den Freund nicht schmücken darf? —
Nimm hin die Perlenschnüre, Edelsteine,
Und auch den Reif der Fürstin, — freudig tausche
Ich sie für Kanva's treue Liebe ein.

Manu.

Dein Auge sieht nur ihn, nicht mehr den Vater.
Du glaubst, daß er allein Dich wahrhaft liebt?

Govinda.

Ist Kanva nicht der Mann, der meine Schritte
Mit liebevoller Sorge lenken würde?

Manu.

Die Kühnheit seines Wesens raubte Dir
Den ruhigen und sich'ren Blick; was Du
Für das Erwachen seiner Liebe hieltst,
War nur der Sturm der wilden Leidenschaft,
Der Dich umbrauste und Dich auch verwirrte.

Govinda.

Ich sah nicht blos in seine edle Seele,
Ich hörte auch den Pulsschlag seines Herzens.

Manu.

Du biegst vom rechten Wege ab und eilst
Dem Abgrund zu. Ich habe nicht allein
Das Recht, mich zwingt dazu die Pflicht, wenn Du
Dich sträubst, Dich mit Gewalt zurückzuhalten.

Govinda.

Ich habe ihn erwählt, nie wird ein And'rer
Mein Herz besitzen.

Manu.

    So bist Du bethört? —
Mit schnödem Undank lohnst Du mir die Güte,
Die Zärtlichkeit, die ich Dir zugewandt? —
Doch ich verdiene ihn. Ich ließ es zu,
Daß Deine Launen in Dein Herz den Trotz,
Die Selbstsucht pflanzten.

Govinda.

     Schelte mich nicht lieblos.
Die Neigung zu dem Theuren schmälerte
Nicht meine Dankbarkeit, — mein Pflichtgefühl.

Manu.

Gehorche denn, entsage ihm für immer.

Govinda.

Was Du befiehlst, kann ich es auch erfüllen?

Manu.

Darfst Du dem Manne, über welchen ich
Die Acht verhängte, darfst Du ihm, dem Kanva,
Noch einen Blick der Liebe gönnen?

Govinda.

Kanva

Von Dir geächtet?

Manu.

Seine schnöde That
Zwang mich dazu. Sie wird von Deinem Auge
Die Binde heben.

Govinda.

Hat er Dich verletzt?

Manu.

Vor mir und meinem Hofe wagte er
Die Schützer uns'res Herdes zu verlästern.
Die Götzen, rief er zürnend, wehren ihm,
Den Fuß in den Palast zu setzen. Schwer
Hielt ich die Krieger von der blut'gen Sühne,
Und auch mich selbst zurück. Der Zorn, den er
In mir geweckt, sprach über ihn die Acht.

Govinda.

Darfst Du ihm grollen, wenn sein Glaube ihm
Verbietet, auf dem fremden Opfersteine
Die heil'ge Flamme zu entzünden?

5*

Manu.

Werden

Die Götter Dir noch ihren Segen spenden,
Wenn Du das Eheband mit Kanva knüpfst?

Govinda.

Sie trennen nicht die Herzen, die sich fanden. —
Und schützt uns nicht ein Gott, — der Gott der
Liebe? —

Manu.

Ihn nicht, — den Gottesläugner! — Willst Du ihn
Zu Deinem Gott bekehren?

Govinda.

Ueberzeugen

Wird ihn die Liebe, daß er ist.

Manu.

Wenn dies

Der Zaubermacht der Liebe auch gelänge,
So wird der König Kanva nicht gestatten,
Die Götzendienerin als seine Braut
Vor ihn zu führen.

Govinda.

Ungerecht und hart

Ist Vasu nicht.

Manu.

Doch unduldsam und stolz.

Govinda.

Er wird die Bittende von sich nicht weisen.

Manu.

Die Tochter eines Fürsten will sich so
Erniedrigen? Bei meinem Zorn, das sollst,
Und wirst Du nicht.

Govinda.

Wenn Kanva es erreicht,
Daß er uns segnet?

Manu.

Scheidet Euch mein Fluch.

Govinda.

O nimm zurück das Wort!

Manu.

Entsage ihm,
Dann trifft es nicht Dein Haupt.

Govinda
(zärtlich).

Verzeihe ihm.

Manu.

Er ist für Dich verloren.

(Er geht ab.)

Govinda
(allein).

Unversöhnlich
Verläßt er mich. Er stoßt uns Beide fort.
Ich soll ihm Alles, — meine Liebe opfern.
Ob ich im Schmerz vergehe, ohne Trost
Den Dornenpfad des Lebens wandle, macht

Ihm keine Sorge. Meine Thränen kann
Er niemals trocknen, und mein tiefes Leid
Wird stets sein Vorwurf treffen, daß ich Arme
Den Heißgeliebten nicht vergessen kann. —
Er haßt ihn, weil er uns're Götter nicht
Verehrt. Darf er darob ihn wohl verdammen?
Entspringt nicht jeder Glaube einem Drange,
In Demuth vor der Allmacht sich zu beugen? —
Erweckte er in Kanva's Heldenbrust
Nicht auch die edlen Triebe, — spornte er
Ihn nicht zu großen Thaten an, und schloß
Er nicht sein Herz der Menschenliebe auf? —
Ich soll die Hand des Theu'ren, weil sie nicht
Den Göttern uns'res Landes Kränze flicht,
Doch mir den Weg zum Lebensglücke zeigt,
Jetzt lieblos von mir weisen? — Kanva! dir
Entsag' ich nicht! — Er hält dich hier gefangen! —
Ich aber gebe dir die Freiheit wieder! —

(Sie geht ab.)

(Devi, Raghu treten auf.)

Devi.

Du sagst ein Abgesandter Vasu's sei
Hier angekommen.

Raghu.

Er verlangt, mit Manu

Zu sprechen. Atman ist es, Kanva's Freund,
Der unser Land verließ und heimwärts zog.

Devi.

Dann wird er keine gute Botschaft bringen.
Nun melde uns'rem Fürsten den Gesandten.

(Raghu geht ab.)

Devi
(allein).

Es drohen schwere Zeiten. Dürfen wir
Verzagen? Sind wir nicht zum Krieg gerüstet?
Der Schlaueste und Tapferste der Feinde,
Ist Kanva durch Govinda nicht gefesselt? —
Mit Trug und List beginnen sie den Streit;
Doch wir erzittern nicht vor ihren Waffen.
Das Recht, — der Muth sind uns're Kampfgenossen.

(Manu tritt mit Raghu und mit den Höflingen aus dem Gemache.)

Manu
(zu Raghu).

Ich will den Abgesandten Vasu's hören.
Entbiete ihn hierher.

(Raghu geht ab.)

Devi.

Der Sendling Vasu's
Ist stolz und kühn zugleich. Sei auf der Hut.
Er wird es jetzt versuchen, Dich zum Kampf
Herauszufordern, den der König wünscht.

Manu.

Hat es nicht Kanva schon versucht, den Brand
In unser Land zu schleudern, und erstickte
Ich nicht die Feuergarbe?

Devi.

Doch der Bote,

Den er zu Vasu sandte, kommt zurück,
Die Fackel wieder zu entzünden.

Manu.

Will

Der König kämpfen, dann ergreifen wir
Die Waffen für die Freiheit, — für den Glauben.
Nicht länger soll er mit Verträgen uns
Die Hände binden, um den Rücken uns
Zu geißeln. Legt er sie nicht stets so aus,
Daß wir, trotz uns'res Rechtes, Schaden leiden?

(Raghu führt Atman vor Manu und entfernt sich.)

Manu
(zu Atman).

Eröffne mir den Wunsch des Königs.

Atman.

Wünsche

Hab' ich Dir keine vorzutragen, — nur
Befehle.

Manu
(stolz).

Hier zu Lande herrsche ich.

Atman.

Doch Vasu spricht durch mich zu dem Vasallen.

Manu
(wehmüthig).

Nicht mehr zu seinem Freunde? — Fahre fort.

Atman.

Als man in Hindustan erfuhr, daß Du
Den Reichsverweser in die Haft genommen,
Ließ unser König die Verträge prüfen.
Er hätte ein Vergehen Dir wohl leicht
Verziehen. Doch weil Du sein Hoheitsrecht
So schwer verletzt, hast Du Dich als Vasall
Vor seinem Throne zu vertheidigen.

Manu.

Ich nicht, sein Liebling, Kanva schädigte
Die Perle seines Fürstenschmuckes. Wie?
That er es nicht, wenn er als Abgesandter,
Den Edelsinn verläugnend, uns'ren Glauben
Verhöhnte?

Atman.
Ungerecht ist dieser Vorwurf.
Du ließest Deinem Zorne freien Lauf,
Und Deine Achterklärung war ein Schimpf,
Der nicht blos Kanva, auch den König traf.

Manu.

Das Volk war aufgeregt und rief nach Rache;
Mein Urtheilspruch hielt es davon zurück.

Atman.

Der König wird darüber bald entscheiden.

Manu.

Ich handelte nach meinem Fürstenrechte.

Atman.

Es war die That nur der Gewalt.

Manu.

Der Vater
Soll nicht sein Kind beschützen, den Verweg'nen,
Der es entführen will, zur Rechenschaft
Nicht zieh'n, weil er des Königs Liebling ist?
Du willst auch dieses von den Göttern ihm
Verlieh'ne Recht bestreiten?

Atman.

Nein. Ich lade Dich
Vor das Gericht des Königs.

Manu.

Mich? — Ich soll
Vor ihm mich beugen?

Atman.

So erscheinst Du nicht?

Devi
(zu Manu).

Beherrsche Deinen Stolz.

Manu
(entschieden).

Ich komme nicht.

Atman.

Aus Deinen Worten spricht derselbe Trotz,
Der in dem Volke Deines Landes herrscht.

Manu
(erregt).

Du nennst es Trotz, wenn man die Ueberzeugung
Mit seinem Blute auch besiegeln will.
Wir sind dazu entschlossen, wenn ihr uns
Darob verhöhnt. Du sprichst nur die Gedanken,
Die Vasu's Herz bewegen, vor mir aus.
Verhaßt ist ihm der tapf're Nachbarstamm,
Der sich nicht sklavisch seinem Willen fügt.
Verhaßt bin ich auch ihm. Die Prophezeiung
Des greisen Sehers, daß ein Heldenjüngling
Von meinem Blute ihn entthronen werde,
Erfüllt sein Herz mit Furcht und legt das Schwert
In seine Hand. Hier ist die Brust, bereit,
Die Todeswunde zu empfangen, früher
Doch muß er mir die Waffe, die sie schützt
Entreißen.

Atman.
Folgst Du dem Gebot des Königs?

Manu.
Nie! —

Atman.
Dann erklärt der König Dir den Krieg.

Manu.
Das Schwert sei unser Richter.

Atman.
Kanva kehrt
Mit mir zurück.

Manu.

Ich gebe ihn jetzt frei.

(Atman entfernt sich mit den Höflingen.)

Devi.

Du läßt nach Hindustan den Kanva ziehen?

Manu.

Ist nicht der Friede meines Hauses stets
Gefährdet, wenn er hier verweilt?

Devi.

Govinda

Entsagt ihm nicht, wird auch mit dem Entfernten
Die Liebeszeichen tauschen.

Manu.

Laß' sie träumen

Von ihrem Liebesglück; wenn sie erwacht,
Dann flieht der Wahn, mit ihm der starre Sinn.

Devi.

Sie wird, verblendet von der Leidenschaft,
Nicht Deinen Worten glauben.

Manu.

Kanva's Treue

Wohl gar vertheidigen, mich des Verrathes
Beschuldigen? Zu früh wird sie der Krieg
Von meiner Wahrheitsliebe überzeugen.

(Man hört Kriegsrufe vor dem Palaste.)

Einige.

Auf, zu den Waffen!

Andere.

In den Kampf!

Devi
(eilt zum Fenster).

Die Krieger
Versammeln sich vor dem Palaste.

Manu.

Geh!
Beschütze Atman, wenn sie ihn bedrohen.
(Devi geht ab.)

Kanva
(tritt aus dem Seitengemach).

Der Ruf zur Schlacht ertönt!

Manu.

Erschreckt er Dich?
Nein! Du vernimmst ihn stolz und freudestrahlend.
Du hast Dein Reiseziel erreicht. Brich' ein
In unser Land mit Deinen Kriegerschaaren,
Verwüste die Gefilde, plündere
Die Städte, würge hin die Götzendiener.

Kanva.

Gedenkst Du noch des unheilvollen Wortes,
Das mir Dein Haus und auch Dein Herz verschloß?

Manu.

Ich sollte es vergessen? Nimmermehr.

Kanva.

Du willst es nicht.

Manu.

Wenn ich es auch vermöchte,
Das Kampfgetöse riefe in's Gedächtniß
Das schnöde Wort mir bald zurück. Zieh' hin,
Du bist nun frei.

Kanva.

So geh' ich nicht von Dir.
(Er reicht ihm die Hand.)

Manu.

Ich reich' zum Abschied gerne Dir die Hand.
(Er gibt ihm die Hand.)

Kanva
(die Hand Manu's festhaltend, warm).

Du hast kein and'res Wort für mich?

Manu.

Ich weiß,
Woran Du denkst.

Kanva.

Entdeckte Dir Govinda,
Wie wir uns lieben?

Manu.

Du mußt ihr entsagen.

Kanva.

Du magſt dem Abgeſandten Vaſu's grollen;
Den Freund, dem der Gedanke ferne lag,
Dich zu beleidigen, darfſt Du dafür
Nicht büßen laſſen. Schließ' ihn an Dein Herz.

Manu.

Du kamſt hierher mit feindlichen Gedanken.

Kanva.

Mein Sinn war frei von Trug und Hinterliſt,
Als ich die Hand Dir reichte, und zu raſch
Verdammteſt Du den Freund, entzogſt Du ihm
Das Recht, vor Dir ſich zu vertheidigen.

Manu.

War ungerecht mein Spruch?

Kanva.

Du fälteſt ihn
Vom Zorne übermannt. Er war zu hart, —
Zu ſchimpflich.

Manu.

Deine Rede nicht?

Kanva.

Ich ſprach
Das Wort des Königs. (Warm) Wende Dein Vertrauen
Mir wieder zu. Es baut die gold'ne Brücke,
Die uns den Weg zu der Verſöhnung zeigt.

Manu
(ironisch).

Willst Du dem Indra wieder Opfer bringen?

Kanva.

Kann uns der Glaube hindern, einen Bund
Zu schließen, der, gleichviel ob wir entsprossen
Aus einem Stamme, ob wir Kronen tragen,
Zur Treue und zur Menschenliebe uns
Verpflichtet? — Manu! Sind wir wieder Freunde!

Manu.

Der Würfel fiel, Du stehst als Feind vor mir.

Kanva.

Noch ruh'n die Waffen; lasse mich versuchen,
Dich mit dem König auszusöhnen.

Manu
(erstaunt).

Du? —

Kanva.

Stürzt nicht Dein starrer Sinn Govinda auch
In das Verderben?

Manu.

Wenn ich demuthsvoll,
Zerknirscht vor Vasu meine Knie beuge,
Dann forderst Du Govinda wohl als Preis
Für die Vermittlung dieses Friedenswerkes? —
Der Mund, der über Dich die Acht gesprochen,
Wird niemals Dir verkünden: Sie sei Dein.

Kanva
(stolz).

Dann will ich mit Dir um Govinda kämpfen.

Manu.

Du willst den Vater tödten, um die Tochter
An's Herz zu drücken? Nun, versuche es;
Im Schlachtgewühl sollst Du mich wiederfinden.

(Er will gehen, als ihm Govinda aus dem Seitengemach entgegentritt:)

Du kommst? Du suchst ihn wohl den Heißgeliebten?
Geh' hin, küß' ihm die Stirne, daß sein Auge
Sich schließt, das haßerfüllt auf Deinen Vater
Sich richtet.

(Er geht ab.)

Govinda
(für sich).

Halte fest du armes Herz.

(Sie schreitet bewegt auf Kanva zu.)

Du bist empört? Er hält Dich hier gefangen?

Kanva.

Ich bin jetzt frei.

Govinda.

Doch zürnend ging er fort,
Und Deine bleichen Wangen sagen mir,
Daß er Dich tief verletzte.

Kanva
(für sich).

Noch winkt mir
Die Hoffnung. Was er sprach, ich muß es ihr
Verschweigen.

Govinda.

Zög're nicht, entdeck' mir Alles.

Kanva.

Sein Herz ist tief erregt, weil mich der König
Nach Hindustan beruft.

Govinda
(in Angst).

Du gehst von hier?
Willst mich verlassen?

Kanva
(sie umschlingend).

Dich?

Govinda
(innig).

Du kannst es nicht.

Kanva.

Ich halte Dich umschlungen, bis der Tod
Die Arme lähmt, und Niemand soll Dich mir
Entreißen. Wie die Blume mit den Wurzeln,
So lang sie blüht, sich an die Erde klammert,
Und wenn sie welkt, in ihre Scholle bettet,
So sollst auch Du mit Deinem Denken, Fühlen
In meine Seele immer Dich versenken, —
An meiner Brust im Liebestraum entschlummern.
Verzage nicht, wenn ich in dieser Stunde
Den Scheidekuß auf Deine Stirne drücke;

Denn ist der Krieg zu Ende, der mich Dir
Entführt, schließ' ich Dich wieder an mein Herz.

Govinda.

Du ziehst das Schwert? Ich halte Dich zurück.

Kanva.

Du willst daran mich hindern? Schwur ich nicht
Den Eid der Treue meinem Herrn? Wenn ich
Ihn breche, traust Du dann noch meinen Schwüren?

Govinda.

Wer ist der Friedensstörer?

Kanva.

   Manu setzt
Im blut'gen Würfelspiel die Krone ein.

Govinda.

Du wirst für die erlitt'ne Schmach Dich rächen.

Kanva.

Hat Deine Liebe doch den Groll besiegt.

Govinda.

Du wirst die Fackel in den Tempel schleudern,
Dabei nicht denken, daß dort die Geliebte
Vor ihren Göttern in Verzweiflung kniet,
Um Schutz für Dich, — für ihre Heimat fleht.
Als Sieger wirst du jubeln, wenn in Schutt
Und Asche die geborst'nen Säulen stürzen,
Sie in den dunklen Opferflammen stirbt.

Kanva.

Nicht um zu sengen komm' ich in Dein Land;
Nur um zu kämpfen für den Ruhm des Königs.
Mein Wort beherrscht die muth'gen Kriegerschaaren,
Beschützt die Blumenwiege der Geliebten.

Govinda.

Der wilde Kampf erweckt die Mordbegier.
Entsetzlicher Gedanke, wenn sie auch
Dein Herz erfaßt. Wenn Du den Vater mir
Erschlägst, darf Deine Hand, von seinem Blut
Bespritzt, die Thränen meines Auges trocknen?

Kanva.

Die Lanze, die ich schwinge, wird sein Herz
Nicht treffen; stürmt auch er, zum Todesstreich
Das Schwert erhoben, auf mich ein, dann wehre
Ich ihn mit meinem Schilde ab.

Govinda.

Fällst Du,
Im Schlachtgewühl den Tod empfangend, kann
Ich dann noch leben? Sendet nicht Dein Blick
Den Zauberstrahl der Freude in mein Herz?
Verscheucht Dein süßes Wort nicht jede Angst?
Die Schmerzgebeugte, kann sie ohne Dich,
Wenn sie die Hand des Schicksals niederschmettert,
Sich von dem tiefen Falle noch erheben?
Willst Du mich nicht mehr schirmen?

Kanva.

Schwer machst Du
Die Trennung mir.

Govinda
(lebhaft).

Du darfst nicht fort.

Kanva.

Ich muß
Aus diesem Lande fliehen, überall
Droht dem Geächteten der Meuchelmord.

Govinda.

Die Feiglinge, die Dich umlauern, wird
Mein Arm entwaffnen.

Kanva.

Kann Dich treffen nicht
Ihr Dolch, weil Du mich schützen willst?

Govinda.

Dann soll
Er mich auch tödten; athme ich für Dich
An Deiner Brust mein Leben aus.

Kanva.

Nein! Dich
Darf mir der Tod nicht rauben. Leben kann
Ich nicht mehr ohne Dich. Beschwingt Dein Wort
Nicht meinen Geist, wenn ihn des Lebens Mühsal
Schwer niederdrückt, und er vom Flug' ermattet

Nach dem Gedanken forscht, der meiner Seele
Den Frieden wiedergibt? — Dein Auge sagt
Es mir, dem Zweifler nicht, daß es auf Erden
Ein Glück doch gibt, das in dem Schicksalkampfe
Noch herrlicher und reiner sich entfaltet,
Sagt es mir nicht, daß dies die Liebe ist? —
Und ach! Dein Kuß, wenn oft der tiefste Schmerz
In meinem Innern wühlt, — wenn das Gefühl
Der Seligkeit nach Worten ringt, löst er
Den bösen Zauber nicht, der meine Klage,
Und meine Lust gefangen hält? — Kann ich
Noch leben ohne Dich?

Govinda.

        Bin ich nicht Dein,
Für immer Dein?

(Sie sinkt an seine Brust.)

Kanva.

        Die Treue sei der Panzer,
Der unser Herz vor jedem Angriff schützt.
Das Gift der Schmeichelei, mit dem die List
Die Spitzen ihrer gold'nen Pfeile netzt,
Zerstört ihn nicht, und auch der Dolch des Hasses,
Gehärtet in der Glut der Rache, wird
An ihm zersplittern. Laß' uns scheiden jetzt.
Kurz, wie die Trennung, sei das Abschiedswort.
Leb' wohl.

(Er entwindet sich ihren Armen.)

Govinda

(ihn leidenschaftlich umschlingend).

O bleibe!

Kanva

(drückt sie an sich).

Noch den letzten Kuß.

(Er geht rasch ab.)

Govinda

(will ihm nach, bleibt aber in der Mitte des Saales stehen).

Nimm mich mit Dir. (Nach einer Pause.) Er hört mich
nicht, — ist fort.

Ich folg' ihm nicht? Zieht er nicht in den Krieg? —
Wenn mich die Sorge um sein theu'res Leben
Erfaßt, wer tröstet mich? Wenn er verwundet,
Im Fieberdurst verschmachtend, nach mir ruft,
Wer führt zu ihm mich hin? — Wenn er, vom Gegner
Entwaffnet, — in Gefangenschaft geräth,
Wer sagt es mir, wo er in Ketten liegt?
Und kann ich von den Fesseln ihn befreien,
Eh' ihn der Tod ereilt? — Beginnt so früh
Die Herzensqual? — Sie soll mich nicht beherrschen,
Nicht jetzt, auch später nicht. Verzagtheit mehrt
Die Leiden uns'rer Seele. Muthig, stark
Besiegt man das Geschick. Ich will es sein.

(Sie geht an das Fenster. Manu tritt links aus dem Gemache und belauscht sie.)

Die Sonne sinkt, ihr dunkelrothes Licht

Erhellt den weiten Plan. Ein Reiter eilt
Dahin. Er ist es! Kanva! (Sie hält inne.)

               Kommst du wieder?
(Sie lehnt sich an das Fenster und blickt schwermüthig hinaus.)

Manu
(tritt näher).

Nie mehr.

Govinda
(fährt erschreckt empor).

      Wer spricht die unheilvollen Worte?
(Sie wendet sich zurück und erblickt Manu.)

Mein Vater!
(In größter Angst sich ihm nahend.)

       Kanva's Leben ist gefährdet?
Die Dolche der Verfolger sind auf ihn
Gezückt?

Manu.

    Der mächt'ge Fürst von Rohilkand
Dingt keine Meuchelmörder. In der Schlacht
Sucht er den Gegner auf. Sein Arm ist stark
Genug, dem Feinde in das Herz den Speer
Zu stoßen.

Govinda.

    Kanva haßt Dich nicht. Dein Herz
Ist nicht das Ziel für seine Waffen.

Manu.

              Nicht? —
Er will Dich mir entreißen, — um Dich kämpfen.

Govinda.

Kann uns're Liebe Dich nicht mehr entwaffnen?

Manu.

Sie mahnt mich nur, daß ich nicht zögern darf,
Das Schwert zu zieh'n.

(Er will gehen.)

Govinda

(stürzt zu seinen Füßen).

O führe nicht den Krieg!

(Manu macht eine abwehrende Bewegung und geht rechts in das Gemach.)

Govinda

(im höchsten Schmerz).

Ich sehe den Geliebten nicht mehr wieder.

(Sie will zum Fenster gehen, sinkt aber ohnmächtig nieder.)

(Der Vorhang fällt.)

Vierter Aufzug.

Felſengegend. Es iſt heißer Mittag.

(Govinda und Nala treten auf.)

Nala
(trägt einen Waſſerſchlauch).

Du mußt hier raſten.

(Sie zeigt auf einen Felſenſitz.)

Govinda.

Angſt und Sehnſucht laſſen
Mich nirgends ruhen. Komm.

(Sie will fort, ſinkt aber erſchöpft in Nala's Arme.)

Nala.

Du biſt erſchöpft,
Du kannſt nicht weiter. Deine Glieder zittern,
Und höher ſchlägt Dein Herz.

Govinda
(rafft ſich auf).

Ich muß zu ihm.
Lebt Kanva noch? — Reich' mir den Arm. Nun fort,

Ich darf nicht säumen. (Sie greift sich an die Stirn.)

Er ist todt! Weh' mir!

Nala
(sanft).

Du wirst ihn wiederseh'n.

Govinda.

Noch einmal will
Ich seine bleichen, stummen Lippen küssen.

(Sie will Nala mit sich fortziehen, bricht aber zusammen.)

Nala
(führt sie zum Felsensitz, auf den sie hinsinkt).

Der Schlauch ist leer, ich gehe in die Höhle;
Das Wasser, das aus ihrer Quelle sprudelt,
Wird Dich erfrischen, und Dir Kraft verleihen.

Govinda
(matt).

Wo sind wir jetzt?

Nala.

Die Felsschlucht schließt das Thal,
Das meine Heimat ist. Die Sage geht,
Ein Zauberwesen haust in dieser Oede.
Dem Geier gleicht es an Gestalt; sein Auge
Strahlt wie ein Diamant, und mit Rubinen
Ist sein Gefieder reich besetzt. Gar seltsam
Ist das Geräusch des gold'nen Flügelpaares,
Wie Schwertgeklirr erfüllt es rings die Lüfte,

Und wer es hört, vor dessen Blicke steht
Die Zukunft offen.

Govinda
(sich aufrichtend).

Wie sagst Du?
(Sie sinkt wieder zurück.)

Geh' Nala,

Bring' mir den Trank.
(Nala geht in die Höhle.)

Govinda
(allein).

Ich fühle mich so matt.
(Sie schließt die Augen.)

Führt dieser Weg mich auch zu Kanva hin?
Zeigt mir ihn Niemand? Nicht der Gott der Liebe? —
Wie seltsam wird mir Armen jetzt zu Muthe?
Es wallt mein Blut; umnachtet ist mein Blick.
(Sie hält inne.)
(Man hört nach einer kurzen Pause Schlachtgetöse.)
(Sie erhebt sich und lauscht.)
Welch ein Geräusch? (Sie horcht.) Es dringt zu mir
heran. —
Umkreist mein Haupt der Wundervogel? — Hell
Wird es vor meinem Auge. Leichte Nebel
Entfliehen über eine Ebene.
Wie Reiter stürmen ihnen and're nach.
Schallt nicht ein Hufschlag an mein Ohr? — Dort sieh',
Die Schilde leuchten und die Schwerter blitzen
Im Sonnenstrahl. Der Helmbusch Manu's flattert

Im Winde auf und nickt den Kriegern zu.
Es tönt das Horn der schwarzen Bogenschützen.
Wie Tiger springen durch den Busch die Neger; —
Aus ihrem Köcher schnellt der Pfeil empor,
Und aus dem Schilfe flüchten die Flamingos
Hinüber zu dem dunklen Cedernwalde.
Es dröhnt die Erde, wirbelt auf der Staub.
Die Lanzenträger rücken vor, und Manu
Stürzt sich mit ihnen in das Kampfgewühl.
Er richtet sich empor und schwingt den Speer.

(Pause.)

Halt ein! Den Kanwa darfst du nicht ermorden! —
Weich' schnell zurück du Heißgeliebter! — Schone
Dein Leben. — Aufbäumt sich das Roß des Helden;
Er neigt sich leicht zur Seite, und der Speer
Fliegt sausend über ihn hinweg.

(Begeistert.) Er ist

Gerettet! — Kanwa! An mein Herz! —

(Sie sinkt mit verklärtem Antlitz wieder auf den Felsensitz zurück.)

Uala

(kommt heran).

Govinda!

Was ficht Dich an? Hier trinke.

(Sie füllt ihren Becher mit dem Wasser aus dem Schlauche und reicht
ihn Govinda.)

Govinda

(trinkt. Nach einer Weile sich die Stirne streichend).

Träumte ich?

Nala.

Du wachſt.

Govinda

(freudig).

Ich ſah ihn, Nala. Kanva lebt!

(Aufſtehend.)

Ich fühle mich geſtärkt. Nun fort, zu ihm.

(Das Kampfgetöſe dringt näher heran.)

Nala.

Hörſt Du das Schlachtgetöſe? Fliehen wir.

(Sie ſieht in die Schlucht.)

Die Kämpfer ziehen ſchon zur Schlucht herauf.

(Sie will Govinda in den Hintergrund führen.)

Sie nah'n. Verbergen wir uns in der Höhle.

(Sie ſind kaum in den Mittelgrund getreten, als Manu mit Devi rechts hervorſtürzt.)

Devi.

Hier ſind wir ſicher an der Landesgrenze.

Manu.

In dieſer Wildniß ſoll ich mein Geſchick
Beklagen, in den Schluchten der Gebirge
Wie ein Verbrecher angſtvoll mich verbergen?

Devi.

Du kannſt nicht mehr zurück. Zerſprengt, gefangen
Sind Deine Kriegerſchaaren; machtlos biſt
Du jetzt dem ſtolzen Sieger gegenüber.

Manu
(vernichtet).

Ich bin geschlagen, und durch ihn, durch Kanva.
O hätte mir sein Speer den Tod gegeben.

Devi.

Auch Deine Lanze drang nicht in sein Herz.

Govinda
(mit halblautem Freuderuf).

Er lebt!

Manu.

Nun komm schnell. Alles ist verloren.
(Er will gehen, als er Govinda erblickt, hält er an.)
Nein! Alles nicht! — Govinda! Theures Kind!

Govinda
(eilt auf ihn zu).

Mein Vater!

Manu
(sie an sich ziehend).

Armes Kind! — Wie sehen wir
Uns wieder?! — Der Palast ist ausgeplündert, —
Die Krone Rohilkand's in Vasu's Händen.

Govinda.

Du klagst um Schätze, die in Staub zerfallen,
Um eine Krone, die durch ihren Glanz
Den Neid des Feindes weckte, und so oft
Dein Haupt in schlummerlosen Nächten drückte.
Du darfst nicht eine Thräne ihnen weihen.

Du haſt im Kampf' das Leben Dir gerettet.
Willſt Du es für den Ruhm und für die Macht
Dem Schickſal einmal noch zum Einſatz bieten?

Manu.

Das Leben des Entthronten, — des Verbannten? —
Entfliehen wir, das Loos der Sklaverei
Bedroht uns Beide, wenn wir hier verweilen.

Govinda.

Wenn auch die Krieger uns gefangen nehmen,
Die Freiheit gibt uns Beiden Kanva wieder.

Manu.

Der Sieger?

Govinda
(zärtlich).

Ueber unſ're Herzen.

Manu
(ſtoßt ſie von ſich).

Nie
Bezwingt er meinen Haß. Ich ſchwur den Göttern,
Dem Feinde und Verächter unſ'res Glaubens
Den Segen zu verſagen. Soll mich auch
Der Fluch des Meineids treffen? Nimmermehr! —
Er darf den blut'gen Kranz des Sieges nicht
Um Deine Stirne flechten. Folge mir
In's Land des treuen Freundes, dort wirſt Du
An meinem Herzen Kanva und den Schmerz
Der hoffnungsloſen Liebe bald vergeſſen.

Govinda.

Ich kann ihn nicht verlassen.

Manu.

Glaub' ihm nicht.
Das Glück, das seine gleißnerischen Worte
Vor Deine wahnbethörten Sinne gaukeln,
Wird schnell gleich einem Nebelbild zerfließen.

Govinda.

Du schmähst ihn nur und überzeugst mich nicht.

Manu.

Die ungezügelte Begierde treibt
Dich an sein Herz, reißt Dich in das Verderben.
Die Hand, die gegen mich das Schwert gezückt,
Wird Dir auch falsche Liebesschwüre leisten.
Govinda zög're nicht und komm mit mir.

Govinda.

Es wird zum Treubruch Niemand uns verleiten.

Manu
(ängstlich).

Er hat Dich überredet, Deinen Glauben
Im Tempel seiner Götter abzuschwören?

Govinda.

Verbietet mir der Glaube, ihn zu lieben?

Manu.

Doch der erzürnte Gott verflucht das Weib,
Das mit dem stolzen Frevler sich verbindet.

Govinda.

Nur Du allein verdammst den treuen Freund. (Flehend.)
Versöhne Dich mit ihm. Du kannst es auch.
Er war doch nie Dein Feind. Du klagst ihn an
Als Friedensbrecher, als Verräther. Brach
Er Dir den Eid? Zog er das Schwert? — Du hast
Den Krieg, das Unheil über dieses Land,
Und über unser Haus heraufbeschworen. —
Du schmähst ihn einen Gottesläugner, — rufst
Zur Rache wider ihn die Götter auf.
Doch dem Du fluchst, verzieh der mächt'ge Indra, —
Sein Blitzstrahl traf nicht den Geächteten.
Du darfst ihn hassen nicht.

Manu.

Blick auf zum Himmel.
Erschreckt Dich nicht die dunkle Feuerröthe?
Sie ist der Wiederschein der Racheglut,
Die in dem Herzen Deines Heißgeliebten
Die Menschenliebe ausgetilgt. Du hältst
Den Brand wohl für ein Freudenfeuer? Nicht? —
Er läßt die Flammen schüren, daß sie Dir
Den blutgetränkten Pfad in's Brautgemach
Erhellen?

Govinda.

Schaue nicht dorthin, sieh' mir
In's Auge, und die Thräne wird Dir sagen,
Wie ungerecht Dein Vorwurf ist. Doch nein; —

Du prüfst mich nur, ob ich so stark bin, um
Vereint mit Kanva und mit Dir durch's Land
Zu schreiten, und die Wunden, die der Krieg
Dem Volke schlug, zu heilen. (Zärtlich.) Wenn ich wanke,
So stützt ihr Beide mich.

Manu.

Verbirg Dein Antlitz,
Denn Lüge ist die Milde, ist die Sanftmuth,
Die jetzt aus Deinen Zügen sprechen. Oft,
Als Du noch kindlich an dem Vater hingst,
Hat mich Dein unschuldsvoller Sinn beglückt.
Doch Lüge ist das Vaterwort, das nun
Aus Deinem Munde kommt. — Du bist entartet! —
Erniedrige Dich nur vor dem Thrannen,
Knie hin vor ihn und fleh' um seine Gnade.
Zerreiß' den Silberschleier, der Dein Haupt
Umhüllt, — zertritt den Perlenreif; es ziemt
Der Sklavin nicht, mit ihnen sich zu schmücken.
Ich aber will die Tiefgesunkene,
Die an dem Herzen des verhaßten Frevlers
Den Freiheitssinn, den Glauben ihres Stammes, —
Ihr Fürstenblut verläugnen kann, nicht schauen.
Du bist jetzt ausgestoßen aus der Kaste. —
Du bist nicht mehr mein Kind. — Geh' hin zu Kanva,
Er wird Dich heiß umschlingen, wenn Du ihm
Verkündest, daß Dein Vater nicht mehr athmet.
Bewundere die Pracht, mit welcher Vasu

7*

Den Günstling für den großen Sieg umgibt.
Entzücke Dich am Duft des Blumenkranzes,
Den Kanva in den Rosengarten flocht.
Ich will Dein Glück nicht stören, Dir nicht sagen,
Daß alle Schätze, die der Held Dir weiht,
Die edlen Früchte seines Raubes sind; —
Ich will Dir auch nicht sagen, daß die Perlen,
Die auf den weißen Rosenblättern schimmern,
Vom Himmel nicht als Thau herniederfielen, —
Die Thränen flücht'ger Mütter, — Kinder sind.
Ich will Dein Glück nicht stören, —

Govinda
(entsetzt).

Weiter nicht!

Nala
(zu Manu).

Wie grausam handelst Du? — Denn nicht genug,
Daß Du ihr eine Wunde schlägst, — Du träufelst
In sie noch Gift, das ihren Schmerz vergrößert.

Devi
(sieht in die Schlucht).

Bereite Dich zur Flucht, die Feinde kommen.
Ich decke Dir den Rückzug.

(Er zieht das Schwert.)

Govinda
(nähert sich Manu).

Scheide nicht

Im Hasse.

Manu.

Haſt Du meiner Liebe nicht
Entſagt?

Govinda
(innig).

So laſſ' ich Dich nicht ziehen.

Manu.

Eile
Zu dem Geliebten. — Doch die Stunde kommt,
In welcher Du in Thränen nach mir rufſt.
Ich aber ruhe dann im Grabe — kann
Dich aus der Sklaverei nicht mehr befreien.

Govinda
(im höchſten Schmerz).

Mein Vater! —

Manu
(ſie fortweiſend).

Fort von mir! Ich ſprach zu Dir
Mein letztes Wort.

Govinda.

Ich geh' —
(Sie kämpft mit ſich und tritt wieder von Manu zurück.)
zu ihm. (Für ſich.) O Kanva!
Wie lieb' ich dich!

Nala
(zu Manu).

So darfſt Du ſie nicht kränken.
O ſprich ſo herzlos nicht mit ihr.

Manu
(sie fortweisend).

Hinweg.

(Er zeigt links hin.)

Ich muß hinab.

(Er geht links ab.)

Govinda
(sinkt in die Arme Nala's).

Ich bin von ihm verstoßen!

Devi
(zu ihr tretend).

Du kannst den tiefgebeugten Greis verlassen?
Hast Du ein Herz nur für den falschen Knaben,
Der sich jetzt rühmen mag, ihn, — Dich, — uns Alle
Durch seinen Stolz und Hochmuth in's Verderben
Gestürzt zu haben?

Govinda
(sich aufrichtend).

Fühlst Du Dich so frei
Von jeder Schuld an uns'rem Leid, daß Du
Es wagen darfst, den Kanva zu beschimpfen?

Devi.

Ich sah zu spät an Deinem Fuß' die Schlange
Empor sich ringeln, und ich konnte sie
Nicht mehr zertreten. Du magst mich darob
Verdammen, doch der Fluch der schnöden That
Trifft sie allein.

Govinda.

Das Gift der Lüge spritzt
Auch jetzt von Deiner Zunge, um mit ihm
Die Ehre Kanva's zu begeifern. Heuchler!
Du bist die Schlange, die zu uns'rem Unheil
Der Fürst des Landes auferzog. Die Liebe,
Die er uns spendete, hast Du in Haß
Verwandelt.

Devi
(für sich).

Ich beging die Thorheit nur,
Daß ich dem Kanva ihre Schönheit pries.
(Man hört ganz nahe Schwertgeklirr.)

Nala
(zu Govinda).

Die Krieger nahen. Fliehe.

Devi
(zu Govinda).

Für den Schimpf
Will ich mich rächen. Bleib', — ich schütze Dich.

Govinda
(zu Devi).

Du nicht, der Sieger soll mir Schutz gewähren.
(Als der Anführer mit den Kriegern auftritt, flieht Govinda mit Nala
in die Felsschlucht.)

Der Anführer
(zu Devi).

Komm an, vertheidige Dein Liebchen.

Devi.

Spötter,

Du kämpfest für Dein Leben.

(Sie fechten. Der Anführer drängt Devi zu einem Felsabhang hin und ersticht ihn.)

Devi.

Nimm die Schöne,

Ich kann sie nicht mehr küssen.

(Er will noch mit dem Schwerte ausholen, stürzt aber sterbend in den Abgrund.)

Der Anführer
(in die Tiefe sehend).

Er ist todt.

Nun fort, daß wir die Flüchtigen ereilen.

(Er geht mit den Kriegern in der Richtung ab, wohin Govinda und Nala flohen.)

(Weite Ebene mit einzelnen Palmen und Mangobäumen. Im Hinter=
grunde sieht man Lagerzelte. Rechts steht das Zelt des Vasu.)

(Atman, Sattva treten aus dem Zelte.)

Atman.

Die Herrschaft uns'res Feindes ist zu Ende.
Nun kann der König sich des Friedens freuen.
Kein Sprößling aus dem Hause Manu wird
Ihn wieder brechen.

Sattva.

Trotzig ist der Stamm,

Den wir bezwungen; er wird nicht so schnell
Dem strengen Willen seines neuen Herrschers
Sich unterwerfen.

Atman.

Vasu hat die Macht,
Die Widerspänstigen zu bändigen.

Sattva.

Er ist ein Mann von Willenskraft; dies hat
Auch Kanva jüngst erfahren. Ihm, dem Liebling,
Verschloß er sein Gehör, als er versuchte,
Die That des übermüthigen Vasallen
Mit warmen Worten zu beschönigen.

Atman.

Die Liebe zu Govinda spornte ihn
Zu diesem Wagniß an.

Sattva.

    Weiß auch der König
Um Kanva's Leidenschaft?

Atman.

    Er war erzürnt,
Als Kanva seine Neigung ihm entdeckte.
Wie Kanva auch beredt Govinda's Schönheit
Und ihre treue Liebe schilderte,
Er konnte nicht den König milde stimmen.
Denn Vasu haßt Govinda als die Tochter
Des stolzen Manu, doch mehr noch, weil sie
Den Götzen opfert.

Sattva.

Dann muß Kanva ihr

Entsagen.

Atman.

Niemals wird der König sie

Vereinen.

(Man hört in der Nähe Kriegsmusik und Jubelrufe.)

Die Krieger
(in der Nähe).

Hoch der Sieger!

Atman
(sieht in die Gegend).

Vasu kommt.

(Sie treten Beide zu dem Zelte.)

(Großer Aufzug der Höflinge und Krieger. Vasu wird in einem Palankin
getragen. Negerknaben mit Palmenfächern und Bogenträgerinen
schreiten zur Seite.)

Vasu
(verläßt den Palankin).

Ihr habt ein kampfgeübtes Volk besiegt,
Und um so größer ist die Waffenthat, —
Der Glanz des Sieges. Haltet gute Zucht,
Zeigt Euch des Ruhmes würdig. Nun zerstreut
Euch in die Zelte. Laßt die Becher füllen.

(Die Krieger und Höflinge gehen ab.)

Vasu
(zu Sattva).

Ich sehe Kanva nicht. Wo ist der Sieger?

Sattva.

Er sammelt seine Krieger, um Dich selbst
In den Palast des Manu zu geleiten.

Vasu.

Ward Manu nicht gefangen?

Sattva.

Er entfloh
In das Gebirge.

Vasu.

Mach' Dich auf, durchstreife
Die Wälder und die Schluchten. Manu darf
Uns nicht entrinnen.

(Sattva und Atman gehen ab.)

Vasu
(allein).

Ich bin nun der Herr
In Manu's Lande. Schwer wird wohl das Volk
Sich meinem Scepter fügen, doch es muß
Und wird mir bald gehorchen. Wenn ich Kanva
Mit Manu's Krone schmücke? Darf ich es
Auch wagen? Seine Treue ist erprobt.
Wie? Liebt er nicht Govinda, Manu's Tochter?
Er weiß, daß ich die Götzendienerin
Nicht dulde. Er hat ihr schon längst entsagt.
Sie floh aus ihrer Heimat, — kam vielleicht
Bei der Erstürmung des Palastes um.
Er darf mit ihr den Ehebund nicht schließen.

Ich würde ihm das Liebesglück, nach dem
Auch ich mich sehne, gerne gönnen, doch
Ich kann es nicht erlauben, daß Govinda,
Dem Opfersteine uns'rer Götter nahend,
Zu ihren Götzen fleht, mit ihrem Schleier
Das Marmorhaupt des Liebesgottes schmückt.

(Der Anführer tritt mit Govinda auf.)

Der Anführer
(zu Govinda).

Hier ist der König, Deine Bitte magst
Du nun ihm selbst vorbringen.

Vasu.

Wer ist sie?

Der Anführer.

Das Liebchen eines Kriegers, der, von mir
Getödtet, in der kühlen Erde ruht.

Vasu.
(für sich).

Wie herrlich ist ihr Wuchs? Wie lieblich neigt
Zur Seite sie das lockenreiche Haupt?

(Zu Govinda.)

Ich will Dich hören.

(Er winkt, der Anführer entfernt sich.)

Govinda
(die verschleiert ist, stürzt zu seinen Füßen).

Die Verwaiste fleht
Um Deinen Schutz.

Vasu.

Du bist aus diesem Lande?

Govinda.

Die Krieger haben meinen Herd zerstört.

Vasu.

So warst Du feindlich uns gesinnt?

Govinda.

Ich nicht.

Kann wohl ein schwaches Weib die Waffe führen?

Vasu.

Doch Dein Geliebter zog das Schwert.

(Für sich.)

Wie weich,

Bestrickend fast tönt ihre Stimme?

(Zu ihr.)

Tritt

Als Sklavin in mein Zelt, dort bist Du sicher.

Govinda

(sich stolz erhebend).

Die Freigeborene?

Vasu.

Du weigerst Dich?

Du stehst vor Deinem König.

Govinda

(scharf betonend).

Vor dem Sieger.

Vaſu

(für ſich).

Fürwahr, ein Weib voll Würde und voll Anmuth.

(Zu ihr).

Du ſprichſt ſehr kühn. Biſt Du ſo ſchön wie ſtolz,
Dann ſei es Dir verzieh'n. Entſchlei're Dich.

(Govinda bleibt unbeweglich in ſtolzer Haltung.)

Vernahmſt Du mich?

Govinda

(entſchieden).

Ich thu' es nicht.

Vaſu

(gereizt).

Du wagſt
Den Widerſpruch? Ich will, daß es geſchehe, —
Befehl' es Dir.

(Govinda wendet ſich ab und will gehen.)

Vaſu

(tritt raſch zu ihr).

Dann lüfte ich den Schleier.

(Er entſchleiert ſie und ſchreitet überraſcht zurück.)

(Für ſich.)

Wie ſchön ſie iſt! (Zu ihr.) Du zürnſt mir wohl?

Govinda

(in Thränen).

Laſſ' mich
Von hinnen zieh'n.

Vaſu
(warm).

Du weinſt. Ich kränkte Dich?

Govinda.

Du ſprachſt zur Sklavin.

Vaſu.

Doch wenn nicht der König, —
Der Freund Dir naht, wirſt Du auch ihm nicht gönnen,
Dein holdes Antlitz zu bewundern?

Govinda.

Zwingt
Mich Deine Rede nicht, es Deinen Blicken
Bald wieder zu entziehen?

Vaſu
(ihre Hand erfaſſend).

Dann muß ich
Die Hand, die mir die Wonne rauben will,
Daran verhindern.

(Er will die Hand Govinda's küſſen. Kanva erſcheint im Hintergrunde
und bleibt betroffen ſtehen.)

Govinda
(Vaſu die Hand entziehend).

Deine Lippe darf
Nicht meine Hand berühr'n, ſie ſchürt die Flamme,
Die nicht empor zu Deinen Göttern lodert.

Vasu
(feurig).

Doch darf sie deßhalb nicht die Liebesglut,
Die jetzt Dein Blick entzündete, ersticken.

Govinda.

Bin ich nicht eine Götzendienerin?
Und werden Deine Götter Dir vergeben,
Wenn Du mir Deine Neigung schenkst?

Vasu.

Herrscht nicht

Allein die Liebe über uns're Herzen?
Sie schmiedet nicht nur Fesseln, sondern weiß
Sie auch zu brechen.

Govinda
(erblickt Kanva und stürzt ihm entgegen).

Kanva! — Nicht mehr laß'
Ich Dich von hinnen ziehen.
(Sich ängstlich an ihn schmiegend.)

Vasu
(betroffen, für sich).

Sie, —

Kanva
(Govinda umschlingend).

Govinda!

Kann ich Dir sagen, was ich um Dich litt? —

Vasu
(für sich).

Sie ist die Tochter Manu's!

Kanva.

Nun, Geliebte,
Bist Du für immer mein.

Vasu.

Noch nicht.

Kanva
(eifersüchtig).

Du willst
Sie mir verweigern, da auch Du sie liebst?

Vasu.

Nicht weil ich ihrer Schönheit huldige.
Dein Glaube scheidet Dich von ihr. Kein Segen
Ruht auf dem Bunde, den ihr schließen wollt.

Govinda
(zu Vasu).

So sprachst Du nicht zu mir.

Kanva.

War nicht Dein Spruch:
Die Liebe herrscht nur über uns're Herzen?

Vasu.

Doch wenn der König Dir befiehlt, für immer
Ihr zu entsagen? Mußt Du nicht gehorchen?

Kanva.

Stets hielt ich Dein Gebot. Mein Herz war tief
Bewegt, als ich in's Land der Heißgeliebten

Die Krieger führte, und der Kampf begann.
O welch ein Schmerz durchzuckte mich, wenn ich
Den Gräuelthaten meiner Kriegerschaaren
Nicht wehren konnte, und ich überall
Vom Brand zerstört Govinda's Heimat sah.
Die Thräne füllte meinen Blick, doch ich
Gehorchte Dir, erkämpfte Dir den Sieg.
Nun willst Du mir das höchste Erdenglück
Durch einen Machtspruch rauben? — Nimm mir Alles,
Was Du mir früher gabst, doch lasse mich
Govinda's Myrten in den Lorbeer flechten.

Govinda
(zu Vasu).

Darfst Du den Bund der Liebenden zerstören?
Die Liebe schmiedet nur die Fesseln, weiß
Sie auch zu brechen. Sagtest Du es nicht?

Vasu.
Es war des Königs Ausspruch nicht.

Govinda
(bedeutsam).

Des Menschen. —

Kanva.
Verschließe Dich der bess'ren Einsicht nicht.
O nimm die Worte, die als Hoffnungsstrahl
In meine Seele fielen, nicht zurück.

Govinda

(zu Vasu).

Willst Du dem Kanva noch verbieten, was
Du Deinem Herzen nicht versagen würdest?

Vasu

(sich ihr nähernd).

Wenn ich zur Gattin Dich erwähle?

Govinda.

Mich? —

Wohl nur zu Deiner Sklavin!

Kanva

(schlägt an das Schwert).

Das verhütet, —

Vasu

(greift an das Schwert).

Dein Schwert?

Govinda

(zwischen Beide tretend).

(Zu Vasu.) Nicht gegen Dich zieht er die Waffe,
Um mich zu tödten, ehe Du uns trennst.

Kanva

(mit liebevollem Vorwurf).

Govinda! Könnte ohne Dich ich leben?

(Er beugt sich vor Vasu, und reicht ihm sein Schwert.)

Ich habe Dich bedroht. Hier ist mein Schwert.
Verstoss' mich aus der Kriegerkaste. Lass'

Den Hirtensohn von Deinem Hofe ziehen,
Zur Hütte seiner Eltern wiederkehren.

Govinda
(rasch und flehend zu Vasu).

Und mich mit ihm das Loos der Armuth theilen.

Vasu
(zu Govinda).

Es ziemt mir nicht, die Tochter eines Fürsten
Dem Elend preiszugeben. (Für sich.) Ihre Treue
Ist unerschütterlich. Der Gott der Liebe,
An den sie Beide glauben, wird sie segnen.
(Zu Govinda.)
Was ich entbehren muß, soll Dich beglücken.
(Zu Kanva.)
Besiegt hat sie den König; sie sei Dein,
Und Manu's Krone auch Dein Siegeslohn.
(Er gibt ihm das Schwert zurück.)

Kanva
(auf Govinda zeigend).

Bedarf ich dieses Schmuckes noch? Du gabst
Govinda mir, die Krone aller Frauen.

Govinda
(zu Vasu).

Verzeih' auch meinem Vater.

Vasu.

Deine Bitte
Will ich gewähren, wenn der Reuige
An meinem Thron erscheint.

Kanva.

Das Wort der Gnade
Kann ihn mit Dir nicht mehr versöhnen.

Vasu.

Nicht?
Er fiel im Kampfe?

Kanva.

Auf der Flucht.

Govinda
(entsetzt zu Kanva).

Doch nicht
Durch Dich?

Kanva.

Verfolgt von meinen Kriegern stieß
Er sich den Dolch in's Herz.

Govinda.

Weh' mir! Dann wird
Sein Fluch mich treffen.

Vasu.

Fiel er nicht auf ihn
Zurück? Verlor er nicht sein Reich, sein Leben?
Du aber fandst ein Herz, das Dich beglückt.

Kanva
(drückt Govinda an sich).

Dich nie verläßt.

Vasu

(öffnet die Vorhänge des Zeltes und winkt. Die Höflinge und Heerführer
treten hervor.)

Begrüßt die Glücklichen.

(Zu Kanva und Govinda.)

Ihr habt den höchsten Preis im Lebenskampfe
Erreicht. Die treue Liebe lasse Euch
Vergessen, was ihr auch um sie erlitten.

(Er legt ihre Hände zusammen.)

(Zu den Höflingen.)

Wir aber kehren heim nach Hindustan.

(Der Vorhang fällt.)

Druck von Adolf Holzhausen in Wien
k. k. Universitäts-Buchdruckerei.